三廻部す
日本出身のオペ
15歳。素直で
人懐っこい少女
アルマ・レン
イタリア出身のスパイ。
15歳。自信家で少々気が
強いが、意外と素直。

ROKUTSUKI ASHIYA
芦屋六月
ILLUSTRATION
タジマ粒子

PERFECT SPY

第一章

顔のない隣人は したたかな笑みを浮かべる

俺は〝死〟に嫌われているのかもしれない。

息絶えた仲間たちの中、一人立ち尽くしたまま、そんなことを考えた。

目の前には敵対組織のエージェントの死体の山。足元には人の道を外れたモノの頭が転がり、不自然さを感じるほど手入れの行き届いた洋風庭園のその花々は血染められ、夜中だというのに、どれも深紅に狂い咲いていた。

スパイ組織同士の裏戦争が終わった。生きている人間は、俺しかいない。

「不死身の風魔虎太郎だと？　笑わせる。この、死に損ないが……」

吐き捨て、夜空を仰ぐ。

生まれ持った名前を捨て、それまでの人生を葬り、俺がこの命を捧げてきた――。

そんな、スパイ組織――『気忍花』が、壊滅した。

たった一人の、スパイによって……。

1

「虎太郎さん、腕の調子はどうですか？」

五月下旬――。

気忍花が壊滅してから、一か月が過ぎようとしていた、ある日。

いつものように、灯籠院の後庭園で刀の訓練をしていると、横から弾むような声がきこえてきた。

「それ以上近づくな、すずめ」

刀を構えているというのに、こちらへの歩みを止めない三廻部すずめに、俺は刀を突き出し牽制する。

するとすずめは、二メートル先でようやく立ち止まり、子どものように頬を膨らませた。

「もう、女の子に刀を向けないでくださいっ」

「刀を抜いているときに近づくからだ」

両手を握り締め、フグのようにぷくっと頬を膨らませたすずめが、何か言いたそうな目でこちらを見る。

俺は視線を正面に戻すと、愛刀『六道』を鞘に納めた。

「腕の調子は良い。すずめの調合した塗り薬が効いてるようだ」

気忍花特注スーツの袖をめくり、大小さまざまな傷が刻まれた腕を彼女に見せる。治りかけの日が浅いものは、先の作戦により出来たもの。そして、その他の傷痕は、今までの任務で出来たものだ。この体には、そんな傷が無数に刻まれていた。

「よかった、良好そうですね」

傷の治り具合を見て、すずめは体の力を抜き、安心したようにこぼした。

「あぁ」

うなずくと、すずめが物欲しげな顔でこちらに視線を向け、目をキラキラさせる。

「……どうした」

「お褒めのお言葉はないんですか？」

「お褒め……？」

「はい。『すずめちゃん、俺のためにありがとう』とか、『すずめちゃんの薬は世界一！』とか」

「くだらん。断る」

「あーん、虎太郎さんはいつもそうです。他の皆さんはちゃんと『すずめちゃん、ありがとう』とか『いつも感謝してるよ』って言ってくれたのに」

「俺はあいつらじゃない。そんな言葉を期待するな。それに……」

そこまで言いかけ、俺は口を閉ざした。

すると、すずめもハッとした様子で、少し肩を落とし、そっとこぼす。

「そう……ですね。皆さんは、もう……」

──もう、いない。

そうだ、気忍花の実働部隊は、先の作戦により、俺以外は全員、殉職した。

「……静か、ですね」

風が草木を揺らす音、そして、小鳥たちのさえずりだけが小さく後庭園に木霊する。

初夏のやわらかい風を受け、髪を揺らす、寂しげなその横顔に、俺は渋々口を開いた。

「……すずめの薬は、本物だ。よく効く」

それから、全身を取り巻く身の毛もよだつような感覚を必死に抑え、喉の奥の方で重く沈み込んでいるその言葉を何とか口にした。

「…………………………助か…………った」

ようやく絞り出せたその一言に、すずめが顔を上げる。

そして、少し寂しさを残しつつも、やわらかく微笑んだ。

「やった。虎太郎さんから褒めてもらっちゃった♪」

「ちっ……」

面白くないと顔を逸らした俺の様子に、すずめは浮ついた声で言った。

「えへへ、嬉しいです。でも虎太郎さん、『助かった』って言葉までの間が空きすぎですよ？」

無言で刀に手をかける。

「わぁー！　わぁー！　嘘です！　嘘ですー！」

慌てた素振りを見せるすずめを見て刀から手を離し、それから俺は彼女に尋ねた。

「それより、用はなんだ。傷を見に来たわけじゃないだろう」

「あっ、そうでしたそうでした。虎太郎さん、以前、私が話したあのこと、覚えてますか？」

「あのこと……」

すずめの言葉に、俺は空を見上げた。

あれは、殉職したエージェントたちの弔いが終わって少しした頃だったか。すずめに、組織再編のため、新たにエージェントを動員することを伝えられた。はっきり言って、新たなエージェントを迎えること自体に俺は賛成でも反対でもなかった。組織についてはこの灯籠院——気忍花のオーナーである住職が決めることだ。己が気忍花のエージェントである以上、俺は住職の……気忍花の判断に従う。

だがそうは言っても、気忍花のエージェントはもう、俺しか残っていないのが現状だ。そしてこれから新人エージェントを入れたところで、気忍花が組織としての機能をまともに取り戻せるようになるには、それなりの月日が必要となる。言わば気忍花は、瀕死の状態だ。

それでも、この組織を解散せず、続けると言うのか。

「……本当に、続けるつもりなのか、気忍花を」

目を瞑り、そうこぼすと、すずめは平然とした様子で答えた。

「当たり前ですよ。住職さまが、『まだ虎太郎がいるだろう』っておっしゃってますし、私も、そう思います」

それから、すずめがこちらに一歩近づいてくる。

そんな不意の接近に、俺は思わず刀に手を持っていくも、彼女はこちらの目をまっすぐに見つめ、構わず続けた。

「虎太郎さん……いえ、風魔虎太郎さま。あの戦場から、あなたが生き、そして帰ってきたおかげで、気忍花は今もこうして存続しています」

そしてすずめは、胸の前で祈るようにして、手を組んだ。

「あなたがいる限り、この気忍花は、壊滅したことにはなりません」

その訴えかけるような彼女の瞳に、俺は体の力を抜き、軽くため息をつく。

それからスーツを整え、彼女に言った。

「……見つかったんだな、新しいエージェントが」

「はい。すでに住職さまとは話が終わり、皆さん、灯夜殿の方で虎太郎さんを待っております」

「……わかった。行くぞ」

一言そう口にし、俺はマント型の外套を翻すと、新しいエージェントたちが待つ本堂『灯夜殿』へと歩き出す。

すずめはそんな俺の様子に安心したような笑みを浮かべ、小さな歩幅で後をついてきた。

多くの人にとってスパイというものは、映画や小説の中だけに登場する、ほとんど架空のような職業……といった認識になっていることだろう。無論、それで問題ない。なぜなら一般市民の九割以上は、その生涯でスパイとの直接的な関わりを持つことがないゆえ、それが現実であっても架空であっても、どちらでもさほど違いはないからだ。古代から職業として存在し、神話や映画などで多くの人間にその存在が知れ渡っているにもかかわらず、誰も関わったことがない、そんな、歴史の闇に生きる者——。

スパイというものは、それほど馴染み深く、そして縁遠い職業の一つだ。

しかし、スパイは現実に存在する。それも、かなり身近に。

古都・鎌倉に多く点在する寺の一つに、紫陽花と灯籠で有名な『灯籠院』という寺がある。寺の境内には無数の紫陽花が植えられており、六月になり紫陽花の季節を迎えると、灯籠院はどこを見ても紫陽花一色の絶景となる。静寂を帯びた厳かな境内に咲き誇る深い青や紫色の紫陽花は奥ゆかしく、しかし力強くもあり、そこにいる者の心を浄化すると言われている。また、紫陽花の葉に雨が滴る様は風光明媚であり、夜になり灯籠に明かりが灯ると、その水滴が反射し、無数の光が散りばめられ、境内はとても幻想的な光景に包まれる。

寺の拝観期間は紫陽花の季節である六月から七月、紅葉で彩られる十月から十一月の年二回と少ないが、灯籠院はそれでも人々を魅了し続ける、鎌倉に点在する観光スポットの一つだ。

そして、その灯籠院こそが、独立した非政府諜報組織『気忍花』の拠点である。

始まりは戦国時代。後北条氏に仕え、その後、江戸幕府の盗人狩により根絶やしにされたと言われる忍者『風魔一族』——その残党が鎌倉の寺……この灯籠院へと逃げ込み、そこを拠点に豪商や氏族、後の時代では華族から諜報や暗殺などの依頼を受け活動を続け、その噂を聞きつけた伊賀・甲賀など、日本中の忍者が一堂に会した……それが気忍花のルーツとされている。

現在では国を問わず、世界中の富豪や企業などから依頼を受けるほど大きくなっていたが、しかし先の作戦の壊滅的被害により、気忍花は組織の再編を余儀なくされることとなった。

「えーっと……」

灯夜殿に着くなり、不安げな声を漏らすすずめ。

灯夜殿には、先ほどまですずめといた後庭園を臨むことの出来る丸窓——通称『悠の窓』を背景にし、背筋を伸ばして胸を張り、堂々とした態度の赤髪の少女と、それとは正反対に、どこか落ち着かない様子で、おどおどと弱気な雰囲気を感じさせる金髪の少女が、慣れない様子で座っていた。

……女、か。

二人の新人エージェントを見て、心の中でつぶやく。

それから、すずめと俺が室内に入ると、こちらの姿に気づき、二人は立ち上がった。

俺が二人の前に立つなり、赤髪の少女はこちらをまっすぐに見つめ、金髪の少女は、その湖水のように深く澄んだ碧眼の瞳でちらりと一瞥し、すぐに視線を逸らした。

「あのー……」

そして、先ほどからうだうだと言葉を漏らしているすずめが、困惑した様子で辺りを見回したあと、二人にそっと尋ねる。

「残りのお二方は、いずこへ？」

ぽかんと首を傾げるすずめに、赤髪の少女が俺から視線を逸らさずに答えた。

「知らないわよ」

彼女の少々強気な語気に、隣に立つ金髪の少女が微かに体を震わせる。

「ラビさんは、ご存じありませんか？」

すずめが話を振ると、今度はすずめに体を震わせる、ラビと呼ばれる少女。

「す、すいません……わか、わかりません」

「そうですか。うーん……どうしよう」

腕を組み、考えあぐねているすずめ。どうやら新しいエージェントは全部で四人らしい。

最初だというのに、新入りがこの場にいないとはどういう了見だ。先が思いやられる。

「すずめ、今いない奴はいい。先にこの二人を紹介しろ」

決めかねているすずめに、俺は促した。

「そ、そうですね。そのうち来ると思いますので、それでは……」

そう言って仕切り直し、すずめは二人の側に移動すると、赤髪の方から紹介を始めた。

「こちらは、イタリア出身のアルマ・レジーナさんです。主に銃器の扱いに長けているため、実働部隊では戦術・強襲班として動いてもらいます」

紹介されたレジーナは先ほどから微動だにせず、毅然とした様子で、俺から一切視線を逸らさない。

「レジーナさん、何か一言、挨拶などがあればどうぞ」

すずめに話を振られ、レジーナがふと口を開く。

「匂うわ」

「はぇ？」

脈略もない彼女の言葉に、間抜けな声を出すすずめ。

「何が言いたい」

まっすぐに見つめられたままそう言われた俺は、レジーナに尋ねた。

「匂うのよ、ここ。鼻を覆うような感じ。この匂いは何なの？」

「匂いですか？」

言って、すずめが犬のようにくんくんと辺りの匂いを嗅ぐ。

「……香木だ」

「香木？」

「日本の寺院には香木が使われている。その匂いだ」

「あー、匂いってお寺の香りのことを言ってたんですね。たしかに私たちは普段から嗅いでいるので気になりませんでしたが、レジーナさんたちはちょっと気になっちゃうかもしれませんね。この匂い、大丈夫ですか？」

すずめの問いかけに、レジーナは初めて俺から視線を逸らし、確認するように辺りの匂いを嗅いだ。

「まぁ、嫌いってわけじゃないけど、独特なのよね、なんか」

「ブリーフィングは灯夜殿のこの部屋で行われる。これから何度もここへ来ることになるんだ。慣れろ」

俺の言葉に、再びレジーナの視線がこちらに固定された。

「ラビさんは大丈夫ですか？」

「わ、私はえっと、大丈夫です。お香とかそういう類のものは、魔術でよく使うので」

……魔術？

「それなら大丈夫ですね。では、そのままラビさんも紹介してしまいますね」

言って、すずめはラビの隣に立った。

「こちらはイギリス出身のシャドー・ラビットさんです。ラビさんは主に現場への潜入や尾行などの隠密による情報収集を得意としているので、実働部隊の隠密・諜報班で動いてもらいます。ラビさんも、何か一言あればどうぞ」

「あっ、こ、こんにちは。イギリスから来ました、シャドー・ラビットです」

すずめに話を振られ、ぺこりと頭を下げるラビに、レジーナがため息をついた。

「ラビ、それは今すずめが紹介したばかりでしょ。同じこと繰り返してどうするのよ」

「あっ、そうですね。す、すいません。一言……一言、えっと、じゃ、じゃあ、あの、私のことは、ラビとお呼びください」

もじもじした様子で言うと、ラビはこちらをちらりと一瞥し、またすぐに視線を逸らした。

「では今度はこちらですね」

レジーナとラビの紹介を終えると、すずめは俺の隣に移動し、自分の紹介を始める。

「最初のご挨拶のときすでに申し上げましたが、もう一度……私の名前は三廻部すずめです。気忍花では事務及びオペレーターを担当しております。普段はこのお寺のお掃除など雑用をしておりますが、任務時は作戦の指示や、現場で任務を遂行する実働部隊の皆さんのサポート、また任務後のケアなどをしております。なので、何かあったら遠慮なく、このすずめまでお申しつけください。エージェントの皆さんの目的達成のためなら、全力でサポートいたします」

顔の前で両手をぐっと握り、すずめは力強い眼差しで目の前の二人に視線を向けた。

また、彼女は他にも、気忍花への依頼の窓口役や薬の調合など、気忍花全体を把握し、組織を幅広くサポートしている。薬の調合をはじめ、その能力のどれもが優秀であり、ときどき、すずめが齢十五であることが信じられないときがある。

「それでは最後に、こちらの方のご紹介を」

そのとき、すずめが一歩近づいて来ようとする気配を感じ、俺はすぐに口を開いた。

「わざわざ近寄るな。そこから紹介しろ」

言葉で牽制し動きを制止させると、すずめがぷうっと頰を膨らませた。

仕事に関しては優秀だが、やはりこういうところは十五歳の少女と言えよう。

……にしても、本当に、なぜわざわざ近づいてくる。

「ふんだ、いいもん。はい、こちらは風魔虎太郎さんです。実働部隊です。以上です」

明らかに不貞腐れた態度で、短く簡潔に紹介をするすずめ。

その刹那、俺の名を聞いたレジーナ、そしてラビの空気が微かに変わるのがわかった。

「実働部隊で戦術・強襲班として任務に就いている。任務時はこの愛刀『六道』を使用し、目標の暗殺及び敵部隊の殲滅などを行う。恐らく実戦ではレジーナと行動を共にし任務を遂行していくことになる。くれぐれも俺の足を引っ張るな」

すずめの紹介に、軽く詳細を付け加える。

すると、レジーナは俺を見て、挑戦的な口調で言った。

「……へえ、意外ね。こんなに若い男だとは思わなかったわ」

「若い……？　レジーナさん、虎太郎さんのこと、どんな男性を想像していたんですか？　まさか、おじさんだったり……？　はたまた、おじいさんだったり⁉」

「そうね、まぁ、少なくとも三十歳はいってると思っていたわ」

「なぜそう思う」

意図がわからず尋ねると、レジーナは鋭い視線を寄こし、そっと口を開いた。

「……一か月前、ドイツと日本のスパイ組織が、世界の裏側で、大規模な戦争をした。結果、ドイツ側は組織そのものが消滅。日本側も壊滅的被害を受け、戦場に最後まで立っていたスパイは、たった一人だけだった。そして、その戦争の唯一の生き残り……それが〝不死身の風魔虎太郎〟――あなたでしょ」

ラビを横目で見ると、彼女と目が合う。しかし彼女はすぐさま焦った様子で視線を逸らした。

「そんなスパイが若い男だったと知って意外に思ったから、意外ねって、そのままのことを言っただけよ」

「……ふん」

「それであなた、何歳なの？」

「スパイに年齢など関係ない。生きて任務を完了するか死んで遂行不能になるか、それだけだ」

「十九歳です」

横から口を出したすずめを鋭く睨みつける。

「……十九」

「もういい。それより、残りの二人は何してるんだ」

「うぅ、わかりません。どこにいるんですか～、スノーさん～、ハートさん～」

情けない声を出し、きょろきょろと辺りを見回しながら縁側の方へと歩き出すすずめ。

そのとき、灯夜殿の前に並んだ灯籠の間の向こうから、薄っすらと反射光のようなものが目に入り、俺は歩き出したすずめをすぐさま自分の方へと抱き寄せた。

「すずめっ！」

「ひゃっ！」

それから間髪入れず、足元の畳を思いっきり踏み込み、仕掛けを作動させる。強い衝撃によって下部のバネが作動した畳は、めくれるように起き上がると、そのまま盾となる形で俺とすずめの防御壁となった。

直後、それとほぼ同時に飛んできたライフル弾が、畳の中に組み込まれた特殊加工済みの合成樹脂防弾シールドによって潰れるのがわかる。

「すずめ、大丈夫か」

「は、はひっ」

驚いた様子のすずめの無事を確認し、二人の方へ振り返る。

「畳を思いっきり踏め！」

俺の声に、レジーナとラビが畳を踏み込む。すると同じように仕掛けが作動し、防御壁が連なった。

「移動する、身を屈めろ」

すずめの頭を庇いながら、畳の間を移動し、レジーナとラビの二人と合流する。

それからすぐにすずめを安全な床下に入れ、襲撃者の様子を窺った。

ライフル弾は灯籠の向こうにある紫陽花の中から飛んできたようだ。

「気忍花ってこんなにセキュリティ甘いの？　これから毎日、襲撃者の相手をするなんてイヤよ」

そんなことを口にし、レジーナはダブルショルダーホルスターから自動拳銃を両手に二丁構え、交戦態勢に入った。

そのとき、彼女の拳銃に刻印されたその紋章を見て、俺は一瞬だが目を疑った。

銃弾を囲むようにしてバラが咲き誇っているその紋章は、イタリアにある伝統的なスパイ名家『ローザファミリー』のもの……。その紋章が、彼女の拳銃に刻印されていたのだ。

それを確認し、俺は今一度、彼女の名を頭の中に浮かべた。

アルマ・レジーナ……その名をイタリア語で直訳すると〝凶器の女王〟。

これは偽名ではない……通り名だ。

現在、世界には政府直属の諜報機関と、気忍花のような非政府諜報組織が多く存在してお
り、それらに所属するスパイたちのほとんどが無名のスパイとなっている。無論、スパイに名

前は不要だということは当然のことなのだが、しかし、それだけが理由ではない。多くの者が無名となる理由、それは、今日生きていても、明日には存在が消えている可能性があるからだ。

つまりそれは、多くのスパイが無名のまま、闇の中に消えていくことを意味している。スパイ組織に所属するスパイのほとんどが無名というのは、このスパイの世界で生きていくことが困難だということを物語っているのだ。

しかし、そんな過酷な世界でも、不可能な任務を達成し続け、多くのスパイたちにその存在が認識される者もいる。そして、そういったスパイにはいつしか識別のための名が付けられる。

それが、通り名だ。

それは、恐るべき強敵を呼ぶため、あるいは、味方の精神的支柱を讃えるため、名を持たぬスパイに付けられる、刻印のような名――。

つまり、通り名を持つスパイはその言葉通り、名のあるスパイと言うことになる。

ローザファミリーの通り名持ち……。

そのことに気づくと、俺はもう一人の名前も思い浮かべた。

シャドー・ラビット……その名の通り、影のように隠密を得意とする者。おそらくラビットという名は、彼女がイギリス出身ゆえ、そのイギリスの有名な絵本にちなんで付けられたものだろう。

はっ。

思わず笑いがこぼれた。

新人エージェントが入って来るかと思いきや、まさか通り名持ちだとは。

どうやら本気で、この気忍花を立て直そうと言うことらしい。

そして、こんな終わりかけの組織にネームドスパイを引き入れるとは、あの住職の考えることは容赦がない。

いろいろと思うことはあるが、しかしとりあえず今は、目の前のことの処理が先だ。

「撃ってこなくなったわよ」

最初の一発以降、音沙汰がなくなった襲撃者に、レジーナが声を潜める。

「何を考えているの……？」

「おい」

そして、レジーナは無警戒にも畳から顔を覗かせた。しかし、銃声はしない。

「考えが読めないわね。何が目的？」

辺りを見渡すも撃たれないレジーナの様子を見て、俺は畳の縁から、そっと鞘尻を出した。

瞬間、ライフル弾が鞘尻に直撃し、刀が大きく弾んだ。

……どうやら狙いは、この俺のようだ。

しかも、ほんの数センチしか覗かせなかった鞘尻に、見事に当ててきやがった。おそらく最初の一発も、すずめではなく俺を狙っていたのだろう。この正確な射撃の腕から見るに、反射光に気がついていなかったら、頭を撃ち抜かれていたかもしれない。

「わかった。あそこね」

銃声と同時に身を隠したレジーナがスナイパーの位置を特定し、銃を構える。

「待て、撃つな」

「何よ」

「こちらの攻撃で位置がバレたとわかり敵が移動する」

「でもこのままじゃ身動きが取れないじゃない。移動させて、その間に私たちも動くべきじゃないかしら？　こっちは近接のみの刀、精密度の低い拳銃、そして一人は手ぶら。無理やりにでも状況を動かさないと打開できないわ」

たしかに、我々は最小限の装備しか所持していなかった。スナイパーを相手に、こちらからの攻撃手段はレジーナの拳銃しかない。せいぜい中距離が限界の拳銃と、精密射撃が可能な長距離のスナイパーライフルとでは、まずこちらに勝ち目はないだろう。

だが、江戸の時代から続いてきたこの気忍花が、敵の襲撃に無防備なはずがない。

「レジーナ、合図をしたら、これを畳の横から覗かせろ」

俺はレジーナに愛刀『六道』を渡すと、それから作戦を二人に説明した。

「へえ、刀って、けっこう重いのね」

初めて刀を手にしたのか、少々興味を抱いた様子でレジーナが観察する。

「ラビはここで待機だ」

隠密は得意だが戦闘要員ではないラビには待機するように命じ、俺は位置に着いた。

「気を引き締めろ。……作戦を開始する。いくぞ」

俺は二人に言うと、広間への襖を開き、それからすぐ近くの床板を外そうとした。

「なにっ……!?」

しかしそこへ、待ち構えていたかのように、数台の小型ドローンが編隊を組んでこちらへと接近してくる。見た目は玩具のような小型ドローンだったが、その下部にはプラスチック爆弾――C4が取り付けられていた。間違いない。あれは、自爆型ドローンだ。

「ちっ……」

俺はすぐに脇差『雪鳴』へと手をかけるが、不意に背後から、とある気配を感じ、反射的に身を仰け反らしていた。

銃声が轟く。直後、ど真ん中を撃ち抜かれ墜落する自爆型ドローン。

振り向くと、レジーナがこちらに銃口を向けていた。

「やっと撃てる」

その言葉と同時に、数発の銃声が隙間なく連なり、一瞬のうちに、自爆型ドローンは次々と撃ち落とされていった。

自爆型ドローンが墜落していく中、一台だけ、少し離れた位置に滞空していた通常の大きさのドローンが旋回し、退避を始める。見ればそのドローンの下部にはC4ではなく、カメラが取り付けられていた。あれで現場の様子を見ていたようだ。

「逃がさないわよ」

「レジーナ、待て」

「また？」

レジーナにストップをかけた俺は、すぐに懐から煙玉を取り出すと、それに点火し、粘着物を取り付ける。するとそこで、こちらの考えを察したのか、ラビが音もなく俺の手から煙玉を掠め取ると、それをドローンへと投げ、貼り付けた。

「こ、これくらいなら私にも出来ます」

確認すると、しっかりカメラには映らない後部に貼り付けてあった。もくもくと煙を立てながら、ドローンが移動していく。

上々だ。これで相手の〝巣〟がわかる。

「作戦続行」

ドローンの強襲を片付けたあと、俺は床板を外し、地下に広がる隠し通路へと入る。

この灯籠院には、敵の襲撃に対応するため、先代のエージェント……つまり忍者たちによるさまざまな仕掛けが施してある。そしてその仕掛けは、世代を継いで改良を繰り返し、現代においても機能していた。

例えば先ほどの畳の防御壁なるものも、元は手裏剣や弓矢、火縄銃などの飛び道具から身を守るために用意されたものが現代用に改良され、ライフル弾をも防ぐことの出来る防御壁となっている。灯籠院の境内には、そういった仕掛けが無数に存在している。

そしてこの隠し通路も、元は抜け穴だったものを改良して出来たものだ。通路は水脈のように灯籠院の地下全体に道を張っており、中はさながら迷路のようになっている。そのため、気忍花の人間はそこを自由に行き来し敵の背後を取ることが出来るが、敵が通路に侵入した場合は、出口を見つけるのが関の山となっている。

「……ついてきたのか」

通路を辿っていると、背後にぴったりとくっついてくる気配に気づき、俺は振り返ることなく言った。

「す、すいません。私ももっと何かお役に立てればと」

気づかれていないと思っていたのか、どこか焦った様子でラビが口を開く。

「俺は待機してろと言ったはずだ」

「す、すいませんっ」

「……ここは広い、離れるな」

「は、はい」

「それと、ナイフを持って俺の背後に立つな」

「す、すいませんっ」

ラビが斜め後ろに下がるのがわかった。

それから、スナイパーがいた位置の後ろ側へと辿り着いた俺は、地上に出てレジーナに合図を送った。

少しして、作戦通りレジーナがスナイパー付近の紫陽花に数発、銃弾を撃ち込む。案の定、紫陽花がゆらゆらと揺れ、スナイパーが移動しているのがわかった。

こちらに気づいていないスナイパーは、紫陽花と紫陽花の間を移動するため、石畳の道に姿を現す。そして俺は、紫陽花の中から出てきたスナイパーの姿を見て、目を疑った。

そのスナイパーは、ずいぶんと幼く見える、小柄な少女だった。

「あ、あれは、スノーちゃんです」

同じくスナイパーの姿を目にしたラビが口を開く。

「……スノー？」

「は、はい。スノーちゃんも私たちと同じ、新しく気忍花に入るエージェントの一人です」

そんな少女が、なぜ攻撃を仕掛けてきた？

しかし事情は後だ。

スノーが移動し、彼女のおおよその位置を把握したあと、レジーナに再び合図を送る。

直後、ライフルの銃声が辺りに響く。レジーナが畳から覗かせた俺の愛刀を、スノーはまんまと撃ったようだ。

それからレジーナは、再び最初と同じ紫陽花の位置に向かって銃声を鳴らした。まるで見当違いの場所に撃つレジーナ。しかしこれは、俺の足音を消すためのカモフラージュだ。

俺はレジーナの発する銃声とタイミングを合わせ、音のした位置にゆっくりと近づき、そして、その小柄な少女――スノーの背後を取った。

「茶番は終わりだ」

俺の声を聞き、スナイパーライフルからスノーが手を離す。

そして、彼女はこちらに振り返ると言った。

「あ……」

眠たそうな目と、締まりのない半開きの口……そんな彼女の顔を見て、俺は言葉を失う。

こんな気の抜けた雰囲気の少女が、あれほどの腕を持っているというのか……？

しかし、今はそんなことはどうでもいい。

「スノー、貴様を叛逆の罪で拘束する。ラビ、その木にこいつを縛り付けろ」

脇差の刃先を向けたまま、俺は彼女のスナイパーライフルを取り上げるとラビに指示した。

「えっ、スノーちゃんを、こ、拘束ですか……？」

少々躊躇う様子を見せるラビに、俺は平然と言った。

「当たり前だ。こいつは俺を殺そうとした。早く縛り付けろ」

「は、はい」

「今は拘束だけだ。処分は後で下す」

「処分……ま、待ってください。何か理由があるはずです。そ、そうですよね、スノーちゃん？」

するとスノーを木に縛り付けながら、ラビが彼女に尋ねる。

「スー、テスト、しっぱい？」

「……テスト？」

「ターゲットを狙うよう、ゆあれた」

「ターゲットって、虎太郎さんのことですか？」

こくり、とうなずくスノー。

「誰に——」

俺が尋ねようとすると、ラビが「虎太郎さん、あれ！」と声を出した。

彼女が指さした方向に目を向ける。見れば、本堂と森の向こうに覗いている開山堂から煙が上がっていた。

どうやらあそこがドローンの〝巣〟のようだ。

「スノー、話は後で聴かせてもらう。ラビ、行くぞ」

俺は再び隠し通路へと潜り、ラビと共に〝巣〟のある開山堂へ向かった。

状況を把握出来ないが、今は残りの一人を見つけ出してから、俺をターゲットにするよう命令を出したその人物が誰か問い詰める必要がある。

「ここだ」

境内の西側に位置する開山堂に辿り着く。この中には貴重な仏像が祀ってあるため、武器の所持が禁止された聖域となっており、おそらくここに籠もっているエージェントも、それを知って、ここを巣に選んだと思われる。

しかし一つ、不可解なことがあった。それは、なぜ新しく入ってくるエージェントが、この開山堂に入れたのか、だ。なぜならこの開山堂に入るには、気忍花に伝わる〝鍵〟が必要であり、その鍵は普段、住職によって厳重に保管されている。

そんな〝鍵〟がなければ入れない場所に、どうやって入った……？

俺は脇差を地面に置き、施錠が解かれた開山堂の扉を開いた。

そして、もう一度言う。

「茶番は終わりだ」

俺の姿に、少々驚いた表情を見せる新人エージェント、最後の一人。

そんな彼女を見て、俺は心の中で再びつぶやいた。

また、女か……。

「日本人……だな？」

確認すると、彼女はうなずいた。最後の一人は、日本人だった。

「お強いのね」

そう言って、膝に乗せていたノートPC（これでドローンを操縦していたようだ）を畳むと、彼女は立ち上がった。

「それで、どういたしますの？　あなたは律儀にも決まりに従って武器を置いてきたようですけれど、もしもわたくしが、どこかに銃を隠し持っていたとしたら……？」

彼女が、服に手を入れる仕草を見せる。

「……ラビ」

「ハートちゃん、す、すいませんっ」

しかし俺が合図をすると、姿を消していたラビがどこからか現れ、かと思いきや、申し訳なさそうに謝りながら、彼女の背後を取った。

「こちらの勝ちだ。抵抗はやめろ」

「ふふっ、参りましたわ」

最初から勝ち目などないとわかっていたかのように、その結末に対して笑うと、ハートと呼ばれた女は服をめくり、そこに何も隠し持っていないことを証明した。

「わたくしの武器は、ノートPC一つだけですわ」

灯夜殿に戻り、両端にレジーナとラビ、そしてその間に残りの二人を座らせ、今回の騒動が誰の命令であるかを尋ねると、ハートという女が、ポケットから洋封筒を取り出し、それをこちらに寄こした。住職との挨拶を済ませたあと、気がついたときにはこの洋封筒が入っていたと言う。

「……手紙？」

俺はそれを受け取り、中に入っている一枚の紙きれを取り出す。そこには、これは能力テストであり、ターゲットは俺――風魔虎太郎、そしてそれ以外の者は狙うな、といった内容が、印刷された文字で記されてあった。

「本当に、何も知らされていませんでしたの？」

「当たり前だ」

「それは災難でしたわね」

「そっちも、同じものを受け取ったのか？」

眠たそうな目と半開きの口で、相変わらず緊張感のないツラをしているスノーに尋ねると、彼女はあくびをしながら、服の中から、まったく同じ洋封筒を取り出した。

「……すずめ、今日、灯籠院の敷地内に入った人間は、ここにいる六人と住職の一人で間違いないな」

「はい、境内の全カメラと、敷地に設置されている侵入感知センサーのログを、今日の分も含め数日遡って確認をしましたが、私たち以外の痕跡はありませんでした」

そうなると、外部の人間の仕業ではない。

俺が思考を巡らせていると、ハートが口を開いた。

「わたくしはてっきり、実戦でどう動くのかを見るための訓練だと思っていましたわ。わたくしたち四人は2対2に分かれ、あなたを強襲する側と、あなたをサポートする側になり、それぞれ特性を生かした立ち回りをし、あなたが実戦での使いどころを考える……といった具合の」

たしかに、彼女の言う通り新しいエージェントたちの特性を見ることは出来た。俺を含め、レジーナとラビ、強襲される側に何も知らされていなかったのも、実戦を想定してと言うのならば当然のことだろう。

「まぁ、言われてみればその通りかもしれないわね。虎太郎だけをターゲットに設定しているのも、いかにもって感じだし」

「で、でも、その、組織に入ったばかりのエージェントに、実弾を使用した訓練は少しやりすぎな気も……スノーちゃんの弾は、虎太郎さんに当たっていた可能性もあったわけですし」

納得した様子のレジーナにラビがそう言うと、レジーナは呆れた様子で返した。

「でも残念なことに、彼は生きてるじゃない。それにあなたも気づいているでしょ、ラビ。私たち全員、通り名持ちってこと。不死身の風魔虎太郎含め、通り名持ちならこれくらいこなせて当たり前なのよ」

「はぅ……そ、そうですか……？」

レジーナに言いくるめられ、ラビが小さくなる。

「しかし、もしこれが仮に訓練だった場合、この手紙を用意したのは気忍花の人間だということになる。そして現在、気忍花には住職、俺、すずめの三名しか所属している人間はいない……すずめ、住職はどこにいる？」

「住職さまは、Ｂ９に出席するため、挨拶が終わるとすぐに日本を発ちました」

「そうか……」

Ｂ９——正式名称『ビハインド９』とは、世界各国の主要独立（非政府）諜報組織が集う会合であり、気忍花もＢ９の一つに加盟している。世界に影響を及ぼす国際テロや戦争を未然に処理する役割の取り決めのほか、大きな力を持つ組織同士がお互いを相互監視することで、組織の暴走を防ぐ機能も果たしている。住職は挨拶のあと、すぐその会合に向かったようだ。

「ふむ……ならば」

俺はすずめをギロリと睨んだ。

「ひ、ひどいですー！」

今にも泣きそうな顔で情けない声を上げるすずめから視線を逸らし、俺は結論付けた。

やはり住職か、あるいは――。

俺は新しく入ってきたエージェント四人に視線を向けた。

「すずめ、残りの二人を紹介しろ」

俺の言葉に、賛同するようにハートが続けた。

「そうですわね。わたくしもちゃんとあなたのことを紹介していただきたいです」

「あっ、そうでした！　紹介すること、すっかり忘れてましたね」

そう言うと、てへっ、と舌を出し、すずめはハートの隣に並んだ。

「それじゃあ、まずはハートさんから」

それから、彼女の紹介を始める。

「こちらはアメリカからの帰国子女、ベノム・ノック・ハートさんです。ハートさんはコンピューターを使ったハッキングに精通しているので、実働部隊ではシステムのハッキングを主とした諜報活動と、ドローン機器などを用いた遠隔戦闘要員として動いてもらいます」

「よろしくお願いいたしますわ」

すずめに紹介されたハートは優雅にお辞儀をすると、少々残念そうな表情を見せた。

「本当なら組織のシステムでもハッキングして、軽いお遊びでも披露したいところですけれど、気忍花はあまりテクノロジーが発達していないようですわね」

「気忍花はオフラインだ」

ここのネットワークは完全に独立している。外からの攻撃は受けない。

「用心深くて良いことですわね」

何か言いたげな様子で、ハートは眉を上げた。

「えっと、続いて、こちらはロシア出身のスノー・ミルクさんです。もうご存じかとは思いますが、スノーさんは遠距離射撃の名手です。実働部隊では戦術・強襲班で遠距離からの援護及び目標の暗殺要員として動いてもらいます」

すずめが「何かあれば」とスノーを見る。

スノーはぼーっとしたまま、そっと目をつむった。どうやら何もないようだ。

「では最後に……こちらは気忍花の実働部隊所属、戦術・強襲班の風魔虎太郎さんです。日本伝統の武器である刀を使用し、敵の殲滅及び目標の暗殺任務に就いてもらっています。隙がなく、エージェントとしての腕は一流ですが、とても不愛想で、笑みがなく、冗談も通じず、お礼の一言さえもなかなか言えない頑固者なので、皆さん、くれぐれも注意してください」

すずめを睨みつける。

「ほら、これです、これっ！　冗談が通じないんですよぉ！」

怯えるすずめにため息をついていると、ハートが立ち上がり、俺の目の前に立った。

「風魔虎太郎……わたくし、自身のハッキング能力を駆使し、あなたのことを調べましたのよ。

スパイネットワーク、ダークウェブ、各国政府の保有する機密情報……ネット上のあらゆる場所を洗ってみても、しかし、あなたに関する情報は偉業とその名前のみで、それ以外のことは一切見つけることができませんでした。正直、あまりにも情報がなさすぎて疑ったこともあります。『風魔虎太郎』は、誰かが作り上げた架空の人物なのではないかって……。だけど、あなたは本当に……実在している」

「ふん……」

「虎太郎さん、なんですかそのリアクションは。もうちょっとこう、女の子には優しく――」

「いいんですのよ、すずめ。わたくしは、これだけで満足なのですから」

すずめをなだめ、ハートがこちらに微笑んだ。おかしな女だ。

「……ふぅ、これでやっと、全員紹介することができましたね」

そこでようやくと言った様子で、すずめがくたびれたように、ほっと息をつく。

悠の窓からは陽が差し込んでおり、辺りはすっかり黄昏色に染まっていた。

何はともあれ、新しいエージェントがようやく全員揃ったようだ。

そう思いつつも、やはり俺は気が重くなっていた。

なぜならエージェントが全員、女だったからだ。それも見る限り、皆、十代の。

「あ、あの、今日はこのあと、何をするんでしょうか？」

おどおどとした様子でラビが手を挙げ、尋ねる。

そんな彼女に、すずめはあっけらかんとした態度で答えた。

「今日の目的は皆さんの紹介でしたので、これで解散です」

「は？　もう終わり？」

どこかホッとした表情のラビとは裏腹に、レジーナが不満そうな顔を向ける。

「そして皆さんには明日から、虎太郎さんの指導の下、訓練をしていただきます」

「はぁ？　指導？　気忍花は私たち通り名持ちに、指導が必要だと思ってるの？」

すずめの言葉を聞き、レジーナはより一層、不満そうな表情を浮かべた。

「良いではありませんか、レジーナ。わたくしたちの実力では傷一つつけられなかった。ですが最強の風魔虎太郎に指導してもらえば、彼を凌ぐ日が来るかもしれません」

「傷をつけられなかったのはハートとスノーよ。一緒にしないでほしいわね」

「あの、皆さん、ちょっと誤解しているところがあるので訂正させてください。はっきり言って、皆さんの実力に関しては、すぐにでも任務に就けるほど高いレベルに達していると思われます」

「なら、指導なんて必要ないわよね？」

「もちろん、そうなんですが……現状の気忍花に入る以上、皆さんには一つだけ、徹底的に足りていないものがあるんです。なので皆さんにはそれを訓練していただきます」

「足りていないもの……チ、チームワーク……とか、ですか？」

「スパイにチームワークぅ？　ったく、冗談でしょ、ラビ。ガキのお遊びじゃないんだから。強襲任務だったら私が敵を片付けるだけ。潜入任務だったらあなたが目標組織に入り込むだけ。暗殺だったらスノー、情報収集だったらハート。それぞれ与えられた仕事をしっかりとこなせば任務は自ずと達成される。スパイにチームワークなんてものは必要ないのよ。虎太郎、あなたもそう思うわよね？」

「…………」

思う。

「なによ、無視することないじゃない」

「それですずめ、わたくしたちは何を訓練すれば良いのかしら？」

「はい、皆さんに訓練していただくのは――」

ハートの質問に、すずめは一呼吸を置くと、笑顔で答えた。

「ハニートラップです♡」

「…………は？」

ハートとレジーナが声を重ね、ぽかんと口を開ける。ラビは顔をほんのりと朱色に染めていた。

「聞いてないぞ」

思わず俺も耐え切れなくなり、口を開いてしまった。

「言ってませんからね。だって言ったら虎太郎さん、断るって言いますし、下手したら今日この場にいなかったかもしれないじゃないですか」

「どちらにせよ、答えは変わらない。断る、以上だ」

通り名持ちを集めて、やることが、ハニートラップの訓練だと？

途端に馬鹿馬鹿しくなり、俺はその場から去ろうとする。

「ま、待ってください、虎太郎さん。気忍花のためなんですっ」

するとそこですずめがめずらしく、俺に近づくことなく言葉だけで止めに入った。

その様子に、俺はふと足を止める。べたべたと近寄り、腕を摑もうものなら、それを振り払って帰っていたが、おそらくそうすれば話を聞いてもらえないとすずめもわかっていたようだ。

つまり、本気の話らしい。

「……話だけは聞いてやる」

「ありがとうございます」

言って、俺は先ほどまで立っていた位置に戻ると腕を組んだ。

「お、お待ちください。わたくしはあまり気が進みません。組織のためだと言っても、そもそもわたくしはデジタル機器を駆使した遠隔からの諜報、後方支援の担当で、直接現場に出るつもりはありませんわ。それこそ、ハニートラップなんていちばん必要のないことだと思います」

しかし今度は、ハートがいやに取り繕うような態度で話を断ろうとする。

「そうね、私も同感」

そしてレジーナもそれに同意した。

「ましてやハニートラップなんて仕掛ける暇があったら、ナイフか銃でも突きつけて拷問なり何なりしたほうがてっとり早いし、そっちのほうが効率的よ。虎太郎もそうなんじゃない？」

「…………」

そう思う。

「だから無視すんじゃないわよ」

いちいち俺に同意を求めるな。

「ラビさんとスノーさんは、何かご意見、ありますか？」

先ほどから皆の話を黙って聞いている二人に、すずめが話を振る。すると、ラビがスノーの方をちらちらと見たあと、話す気配がないのを確認し、じゃあ自分から、と手を挙げた。

「わ、私は、あっ、じゃなくて、わ、私も、必要ないと……思います。す、すいませんっ！」

「謝ることないわよ、ラビ。だけど、戦闘要員の私たちと違って、目標組織に潜入して諜報活動をするあなたには必要な分野だと思うけど、ちゃんと出来るの？」

「あ、あぅ……」

「この子、大丈夫なのかしら……？」

レジーナの言葉にしゅんとするラビを見て、どこか呆れたようにハートが肩をすくめた。

「スノーさんは、何か言っておきたいことありますか？」

先ほどからぼーっとしたまま、いったいどこを見ているのかわからないスノーにすずめが尋ねると、スノーはようやくすずめに顔を向け、一言発した。

「にゃひ……×<」

「わかりました、ありがとうございます」

「それで、必要ないって意見が多いけど、どうなの？」

「どうなのって、何がですか？」

「だから、必要ないと判断した人間の訓練は免除するとか」

「もちろん、皆さん全員に訓練は受けていただきますよ」

臆することもなく、すずめはレジーナに平然と言ってのけた。

「……なら、なんでそれぞれの意見を聞いたのよ」

「この際だから、皆さんの不満は事前に吐き出させたほうが良いと思いまして」

その返事に、がっくりと肩を落とすレジーナ。しかし、エージェントの管理やサポートを担うオペレーターには、これくらいのしたたかさは必要だろう。

「ですが、皆さんのおっしゃることはちゃんとわかっておりますよ。本来の気忍花なら、皆さんにハニートラップの訓練は絶対にさせません。それは皆さんのおっしゃる通り、必要ないからです」

「『本来の気忍花なら』とはどういうことだ、すずめ」

「それは……気忍花の現状が現状ですから。本来ならば、そういった誘惑を得意とした諜報担当がいるのですが、その……現在の気忍花にはもう、そういった方たちも皆いなくなってしまったので……」

次第に声のトーンを落としていくすずめが、そこで切り替えるように、声を張り上げた。

「えっと、一言で言ってしまえば人員不足なんです、気忍花は。だから、いざというときのために、ハニートラップを全員が扱えるようにしておく必要があり、皆さんに訓練をしていただくというわけです」

それからすずめは〝女性〟という武器は強く、ラビはもちろん、状況によっては戦術・強襲班のレジーナやスノー、また、ハートにも、武器が使用できない環境での諜報任務に就いてもらう場合も出てくる。そんなときに、いざハニートラップが使えないとなると作戦遂行に支障をきたす……など、ハニートラップの必要性について語った。

「スパイである以上、どんな状況にも対応できるよう、手数は多いほうが有利です」

話を聞いた面々は、不満はありながらも、納得はしたようだった。すずめの言う通り、人員が少ない分、我々エージェントたちはそれぞれ多くのことを求められる場面が出てくるだろう。そしてそんなとき、手数が少なければそれだけ可能性も狭まってしまう。

「そういうわけなので虎太郎さん、気忍花のため、ハニートラップの指導、してくれますよね？」

それから、最後に答えを求められた俺は、きっぱりと言った。

「断る」

「ありがとうございます。……って、えっ、え⁉」

にこやかな微笑のあと、目を丸くして、お手本のような驚愕を披露するすずめ。

そんなすずめに、俺はめんどくさそうに返した。

「ったく、冗談だ。冗談くらい俺にも言える」

「じょ、冗談って、冗談にきこえませんよ！」

「本当に、きこえませんでしたわね」

「び、びっくりしました……」

「さっき冗談が通じないって言われたこと、根に持ってたんでしょ」

「…………」

「虎太郎さん、不安なのでもう一度お聞きしますが、指導、してくれるんですよね？」

全員の視線が俺に集中する。

「気忍花のためだ。してやる」

「し・て・や・る……うん、ちゃんと承諾の言葉ですね。ありがとうございます、虎太郎さん！」

言葉を確かめるように復唱したあと、すずめは頭を下げた。

「それでは皆さんには明日から、ハニートラップの訓練に臨んでいただきます。まずはハニートラップの基本を学び、それから虎太郎さんを仮想目標として罠に仕掛けてみてください」

「虎太郎にトラップを仕掛けるの？」

「はい、そうです。と言いますのも、普通は町に出て適当な男性を使って実践訓練を行うべきだとは思うのですが、見ての通り皆さん可愛いので、たぶん声をかけただけでほとんどの男性は簡単に罠にかかってしまうと思います。それでは訓練にならないし、実際の目標は警戒をしており、もっと手ごわいです」

「なるほど、そこで目標にされているとわかっている状態の虎太郎を、どうハニートラップに仕掛けるのか考えることによって、実戦でも通じる技術を学んでいくということですわね」

「その通りです」

「こんな不愛想な男とハニートラップの訓練なんて、本当に出来るの？」

「こ、虎太郎さんだからこそ、そんな彼に通用するハニートラップを習得出来れば、私たちのスパイとしての技術も、た、高みに達するんじゃないかな、レジーナちゃん」

ラビに言われ、うーんと難しい顔でこちらを見るレジーナ。

「難易度的には高いのでしょうけれど、虎太郎をトラップに仕掛けられたのなら、もはや敵はいなそうですわね」

「皆さん、やる気になってくれているようで嬉しいです。ハニートラップを習得して、ぜひ、虎太郎さんを罠に仕掛けちゃってください！」

ラビとハートの様子を見て、ようやくレジーナもその気になったのか、

「まぁ、やってみる価値はありそうね。正直、虎太郎に指導されるのはもやもやするけど」

と口にする。そんな彼女に、俺は言った。

「ならばレジーナだけは特別に住職が指導し、住職を仮想目標に設定することを許可する」

「……虎太郎でいいわよ」

途端、レジーナが萎えた様子でため息をついた。

「それでは皆さん、明日からよろしくお願いいたします」

それからすずめは――気忍花に再びエージェントが増え活気が戻り始めたことが嬉しいのだろう――レジーナ、ラビ、ハート、スノー、新しく入った四人のエージェント全員の名前を口にすると、満面の笑みで彼女たちを迎え入れた。

「気忍花へようこそっ！」

……スノーと一緒に暮らすことになった。

「お願いします、虎太郎さんっ！」

あれから、今後の予定を確認したあと、最後に、エージェントたちのこれから住む住居の話となり、その中ですずめから、スノーと一緒に住んでほしいと懇願された。聞くところによると、スノーはスナイパーとしての腕は一流だが、生活能力に関してはてんでダメだと言うのだ。

無論、俺はすぐに断った。しかし——。

「冗談じゃない。なぜ俺がこいつの子守りをしなければならない」

と俺が言えば、「そこを何とか」と、すずめが両手を合わせて折れることなくお願いしてくる。

その話をされた時点で、その場に残っていたのは俺とすずめとスノーの三人しかおらず、俺は住職と共に庫裏に住むか、境内にあるお茶屋『灯寿庵』ですずめと一緒に住めば良いと言ったのだが、しかしそこですずめにとある話をされ、結局俺は、気忍花に彼女を置いておくのは適切ではないと判断し、家に連れて帰ることを決めた。

本当に、ふざけた話だ。

ちなみに、気忍花側が用意していた住居に住むことになったのはレジーナだけだった。

住居の話になると、ハートは「わたくしは自分で用意した場所があるのでお構いなく」と一人で帰って行き、ラビも「わ、私も大丈夫です」と言って断った。そしてそれを見たレジーナは少し面白くなさそうに「ふんっ」とそっぽを向いて、すずめからアパートの鍵を掠め取ると、さっさと去って行った。

気が強く、不満を口にしたり、二言三言多い割には、レジーナは組織の決まりには従うという素直さが見て取れる。組織に属するならば組織に従うよう教え込まれているのだろう。そういったところは、ローザファミリー出身ということを納得させる。

そんなことを考えながら、スノーがちゃんと、俺の後をついてきているか振り返る。

自身と同じ大きさほどのバックパックを背負い、相も変わらず、ほけーっと間抜け面で歩いているスノーは、しっかりとついてきているようだった。

しかし俺が振り返った途端、盛大に顔面から地面にズッコケて見せる。

「いたひ……」

「スノー、ちゃんと前を見て歩け」

顔を上げ、額を赤くするスノーの前にしゃがみ、俺は彼女の顔をまじまじと見た。

「もう少し目、開けられないのか？　それに口も閉じろ。アホ面に見える」

言うと、スノーはパッと瞼を見開き、口をぴたっと閉じた。

しかし数秒後、次第に瞼が閉じていき、口も元通りぽかんと開いてしまう。

「虎太、スー、無理みたい。ずっとこの顔で、生きてきたよ」

俺のことを「虎太」と呼び、スノーは数秒の挑戦ですべてを諦めた。

こいつがあんな正確な射撃能力を保持しているとは、にわかには信じがたい。

「もういい……貸せ」

俺はスノーからバックパックを受け取ると、それを背負い、再び歩き出した。

そして、スノーとは別に、もう一人、俺のあとをついてくる人物に尋ねる。

「それで、ラビ、おまえも俺の家に来るつもりか？」

「わっ、ひゃっ！」

驚いた様子で、物陰からラビが転がり出てくる。

「き、気づいていたんですね、私のこと……」

最初からではなく、途中からだが。

「悪いが、ラビまで泊めるつもりはない」

「い、いえ、私にはその、メイドが用意した場所があるので、泊まるつもりはありませんっ」

「なら、どうして尾けてきた」

「そ、それは、虎太郎さんが、どんなところに住んでいるのかなって、急に気になってしまって……もし虎太郎さんが良いなら、見に行かせてくださいっ」

言いながら、後ろ手に何かを仕舞うラビ。

俺は少し考えると、「……好きにしろ」と言って、歩き出した。

「それとラビ、今回は見逃すが、次からは今仕舞ったナイフは灯籠院へ置いておけ」

「す、すいません。転んだ拍子に、うっかり飛び出してしまいました」

ラビはそう言うと、あとをスノーと一緒についてくる。

それからしばらく歩き、俺の住む古民家に到着した。

文化の違いから、二人が玄関から靴のまま上がろうとしたため、靴を脱がし家に上がらせる。

居間に入ると、スノーは相変わらずぼーっとしたまま無反応だったが、ラビは日本の古民家のノスタルジックな雰囲気に、興味深そうに辺りを見回していた。

「素敵ですね、虎太郎さんの、おうち。やっぱり私も、ここに住んでも、いいかもしれ――」

とそこで、ラビがそう言いかけた刹那、彼女の前に一本の糸を垂らし、ツツツーと降りてくる一匹のクモ。

瞬間、一瞬見失うほどの勢いでラビが柱の陰に隠れた。

「どうした」

「ど、どうしたって、ク、クク、クモがっ……」

「苦手なのか、クモ」

「クモが苦手と言うより、い、生きてる虫はぜんぶ苦手です」

俺は家の中を見回した。

「この家は見ての通り古い。虫はよく出る。スノーは大丈夫か？」

尋ねると、こくり、とうなずくスノー。

それを確認し、柱の陰で怯えているラビに視線を戻す。

「はっ。虫が苦手なら、この家に住むことは無理だな、ラビ」

「す、すいませんが、この家には住みませんっ。ぜったい、ぜったい無理ですっ！」

糸を垂らし、下まで降りたクモが、そそくさと逃げていく。

それを目で追い、クモの姿が見えなくなったのを確認すると、

「し、失礼しますっ」

と、ラビも逃げるように、そそくさと家から出て行った。

自分よりも何倍も小さいものに対しあんなに怯えるとは、おかしな女だ。

「虎太」

そんなことを考えていると、スノーが俺を見上げ、言った。

「スー、ちょっとおなかすいちゃったみたい」

「…………」

それから俺は、二人分の夕飯を用意すると、与えられるのを待っているだけの新しい同居人にそれを分け与えた。

そして、それを一緒に食べながら、俺は最も気になっていたこと——ハートとスノーの二人を利用し、俺を襲撃させた人物が誰であるか、について考える。

灯籠院の敷地内にはこの数日間、俺とすずめと住職だけしかいなかった。そして今日はラビやハートたち四人しか出入りしていない。そんな中、あの手紙を直接ハートとスノーのポケッ

トに忍ばせ、俺を狙うよう指示した人物がいる。

『……虎太郎さん、たぶん、私の考えすぎだとは思うんですが、一応、気をつけてください。もしかしたら、ノーフェイスの仕業ということも考えられます……』

灯籠院で、すずめはこっそり、そんなことを耳打ちした。

そう、あるいは、ノーフェイス。

数々のスパイ組織に潜入し、たった一人でいくつもの組織を壊滅させてきたにもかかわらず、未だにそいつの尻尾を誰も掴むことが出来ずにいる、顔のない凄腕のスパイ……。

先の作戦で勃発した、ドイツの諜報機関『ギフト（ドイツ語で〝毒〟を意味する）』と気忍花の戦争も、ノーフェイスがギフトを扇動したことにより戦争にまで発展したと言われている。

もしもあの手紙が住職の仕業ではなかった場合――Ｂ９に加盟する二つの組織をぶつけ、一つは消滅、そしてもう一つを壊滅的状況にまで追い込んだスパイ――ノーフェイスが、四人のエージェントの中に紛れ込んでいる……という可能性も考えなければならなくなってくる。

そして、もしその通りだった場合、住職とすずめしかいない灯籠院にノーフェイスを置いておくのは危険だった。そのため、万が一、スノーがノーフェイスだったときのことを考え、俺が家で引き取ることになったというわけだ。

けれども、おそらくノーフェイスの狙いは、ギフトと気忍花の戦争で潰し損ねた俺だろう。俺を殺すため、気忍花に入り込んでくるのもごく自然な流れだ。可能性は大いにあり得る。

そして住職とすずめを殺したところで俺を殺せなければ、本当の意味で気忍花(キシカ)の壊滅(かいめつ)とは奴(やつ)も思っていない。逆に言えば、俺が殺されない限り、住職とすずめの番は来ないと思って良い。

それならば、どのような手段で来ようと、俺がノーフェイスを倒(たお)せば良いだけだ。

——さぁ、ノーフェイス、おまえはどう出てくる？

「虎太(こた)、スー、おかわりしたひ……＞＜」

俺はスノーの茶碗(ちゃわん)にご飯をよそいながら、ノーフェイスとの対峙(たいじ)を考えた。

PERFECT SPY

第二章

不正解者たちの国

1

【エージェント№2】　ベノム・ノック・ハート　age18　性別：女性

日本の三重県出身。政府高官の父を持ち、7歳でニューヨークへ移住。その後、NY名門私立女子校に在学していたが、■歳のとき、父の■により■。以降、同校に在学し、卒業後も名門大学への推薦も決まっていたようだが、詳細は不明。

NYに拠点があるとされるハッカー集団『世界の支配者』に所属し、ベノム・ノック・ハートというハッカーネームで活動。そのハッキング能力は他の追随を許さず、ハッカー界隈で彼女の名を知らぬ者はいないとまでされている。また、米国政府からの依頼も請け負っており、多少のことは免責される。

■

■

インドア気質であり、怠惰な面も見受けられるが、気忍花の諜報要員として申し分なし。

【エージェント№3】　アルマ・レジーナ　age15　性別：女性

イタリアのヴェネチアにある、アサシンの末裔と云われる、伝統的なスパイ名家『ローザフアミリー』の娘。ローザ三姉妹の次女であり、実の姉にインモルターレ・デーアがいたが、彼女が■歳のとき■。その後の足取りは不明。

幼少期からスパイとしての英才教育を受けてきたため、暗殺者としての腕は折り紙付きであり、〝凶器の女王〟という名の通り、銃器やナイフの扱いは誰よりも優れているほか、CQCにおいても高い技術を保持。

名家出身と言うこともあり、自信家で気が強いが、気忍花の戦闘要員として申し分なし。

【エージェントNo.4】　シャドー・ラビット　age18　性別：女性

イギリスの名門貴族『■家』出身。名門寄宿学校に在学していたが、■歳のとき、一族が経営していた■が■。その後しばらくは同校に在学していたようだが、それ以降の詳細は不明。

隠密に優れ、潜入、尾行、工作などの能力を買われ、イギリス諜報機関『ブラックハウス』に所属していた過去あり。イギリス出身であり、音もなく影のように素早く任務を遂行することから、シャドー・ラビットと呼ばれるようになる。

自己肯定感が著しく低く気弱な性格をしているが、気忍花の潜入要員として申し分なし。

【エージェントNo.5】　スノー・ミルク　age14　性別：女性

ロシアの山奥にあると言われている『妖精の森』で暮らしていた伝説の狩人の娘。

八人姉弟の三女として生まれるが、彼女以外の姉弟については、両親含め詳細は不明。おそらく全員、■■■■■■■■とされる。彼女の祖父は、第二次世界大戦で狙撃兵として、若くして軍に従事。■■■■■■■にて、敵兵を■人殺害し、英雄とされる。

彼女の祖父の■■■に引き取られた後、数年前までは妖精の森で暮らしていたようだが、その後の足取りは不明。狩猟によって磨かれた射撃能力は熟練の名手にも引けを取らず、狙われたら逃れられないことから、雪のような白い肌と、その幼い見た目から呼ばれるようになったスノー・ミルクとは別に、一部からは白い死神とも呼ばれている。

コミュニケーション能力と生活能力に乏しいが、気忍花の暗殺要員として申し分なし。


午前三時——。

俺は、すずめに渡された資料を一通り眺めていた。

これは気忍花が作成した、新しいエージェント四人についての評価シートだ。

新しくエージェントが気忍花に入ると——どこからかは俺の管轄外で知るところではないが——情報を集め、このようなものが作成される。そしてこれは、そのエージェントが殉職する、または組織を離脱すると破棄されるようになっている。

ちなみに現在、気忍花のエージェントは五人。つまり、【エージェントNo.1】は俺だ。

無論、スパイであるため、すべての情報がオープンにされているわけではない。黒塗りされている箇所は、気忍花が施したものではなく、おそらく参照した機密資料が元から黒塗りされていたと思われる。スパイに過去は必要ないが、やはり組織に入れるとなると、出来る限りの素性は把握しておきたい。それが、組織側の本音だろう。

まぁ、公開されているその素性が、作られた可能性ということも大いにあり得るが……。

ただ、不透明な部分は多いものの、通り名持ちということもあり、気忍花の即戦力としては四人とも期待できそうではあった。よくもここまで精鋭を集めたと誉めてやりたいところだが、その精鋭を集めて最初にやることが、まさかハニートラップの訓練だとは夢にも思わなかった。

スパイ……あるいは暗殺者として、血生臭い闇社会に染まってきた人間が、今さら殺しとはほど遠い手段であるハニートラップの訓練など、本当に出来るのだろうか？

野生の擦れたライオンに、飼い猫のような甘え方を教えるようなものだ。

すずめの言い分はわかるが、うまくいくとは思えない。

挙げ句の果てには、この中にノーフェイスが潜んでいるかもしれないという。

もしも潜んでいる場合、誰がノーフェイスか？

ラビはノーフェイスの最初の標的となったイギリス諜報機関『ブラックハウス』に所属していた過去がある。それだけでは疑う余地はないが、しかし、なぜ貴族からスパイになったのか、そして――どのタイミングで、なぜ組織から抜けたかは定かではないが――組織の壊滅からうまく逃れているところを見るに不審さはある。スノーはここ数年Ｂ９を欠席しているロシア出身の暗殺者。レジーナのローザファミリーは近年、スパイ組織の増加によって、以前より仕事の依頼が減っていると噂を耳にしたことがある……商売敵であるスパイ組織を潰して回るには充分過ぎる理由がある。そしてハートは、その名前が引っかかる。ベノム・ノック・ハート——毒が心をノックする……素直に受け取ればそんな意味となるが、このスパイの世界に身を置いている者としては、やはりもう一つのノックの意味を考えてしまう。そう、〝Ｋｎｏｃｋ〟ではなく、〝ＮＯＣ〟の方の……。米国からの帰国子女ということもあり、もしも米国政府の息がかかっていた場合、何を企んでいるかわかったものじゃない。邪魔な組織を潰すなんて、平然とやる可能性もあるだろう。

……と、疑おうと思えばいくらでも疑うことは出来た。しかしはっきり言ってしまえば、スパイとはそんなものでもあった。怪しくない人間などいない。

ならばあとはそのときの状況から推測するしかないが、こちらも取るに足らないものばかりだ。スノーとハートの話を信じ、手紙を受け取ったから実行に移ったというのであれば、レジーナかラビのどちらかがスノーとハートのポケットに手紙を忍ばせ、二人を動かしたと見れる。しかし、スノーとハートのどちらかが嘘をつき、自作自演をした可能性もあり得る。

敷地内のカメラには七人しか映っていない。侵入感知センサーとの二重監視構造なので、見落としはまずないだろう。そして、二人には手紙で指示。無論、手紙はターゲットのポケットに直接入れるしか方法はない。

つまり、ノーフェイスがすでに気忍花に潜入しているのであれば、あの四人の中に確実にいるということになる。

「蛇に睨まれた蛙となるか、袋の鼠にしてやるか……」

四人を解散させるという選択肢はなかった。そんなことをすれば、また他の組織を利用し、悲劇は繰り返されるだろう。それに、ノーフェイスはあくまで個人だ。気忍花にいる限り、他の組織を扇動して攻めることも不可能なはず……。ならば、ここで留めておくのが、このスパイの世界のためでもある。

そして奴の狙いは、先の戦いでの唯一の生き残りである、この俺……。

すずめの言う通り、俺がいる限り、気忍花は壊滅したことにはならない。しかし俺がいなくなれば、すずめや、残りのエージェントを片付けるのは実に容易い。

つまり、風魔虎太郎の死＝気忍花の壊滅という認識で合っているだろう。

わざわざこの風魔虎太郎を殺すため、ノーフェイスご本人様から出向いてくれるとはな。

「ご苦労なことだ」

奴がどう出てこようと、みすみす殺られてやるつもりは微塵もなかった。

それから俺は朝まで少し仮眠を取り、ハニートラップ用の資料を鞄に詰めると、部屋の鍵を開け、居間に顔を出した。

すると、居間の向こうにある台所ではスノーが椅子に座り、朝食を待っていた。待っていれば与えられると疑わず、何もしないその姿は、まるで雛鳥のようだ。

「虎太、おはよう。スー、おなかすいたようです」

「そうか」

一言返事をして、洗面所へと顔を洗いに行く。その後、歯磨きとトイレを済まし、寝巻を着替え、コーヒーを淹れに再び居間に行くと、スノーは先ほどと寸分違わぬ様子で椅子に座って待っていた。俺に気がつくと、顔をじーっと見つめてくる。

「なんだ」

「虎太、スー、おなかすいたね」

「そうか」

そしてコーヒーを淹れる間も、スノーは俺の顔を見つめ続けた。

どうやら本気で、与えられるのを待っているらしい。

このまま俺が朝食……否、餌を与えなかったら、こいつはずっと、ここに座っているつもりなのだろうか。

「スノー、俺はおまえの家政婦ではない。朝食くらい、自分で作れ。卵焼きくらいは作れるだろ。卵を溶いて焼くだけだ。猿でも出来る」

コーヒーを啜り、フライパンと皿、菜箸、調味料、冷蔵庫から卵を二つ取り出してやる。

「他に必要なものがあれば言え」

それから椅子を持ってきてやると、スノーに目をやった。すると意外なことに、スノーは座っていた椅子から下り、用意した椅子の上に登ると、卵を両手に一つずつ持って言った。

「どうすれば、いいぬ？」

やる気はあるらしい。

そして指示通りやらせてみると、慣れない手つきながらも卵焼きはうまく完成した。

「初めてにしては上出来だ」

「スー、虎太の言うこと、聞いてれば、いいぬ……!?」

スノーはずいぶん驚いた様子で、少々興奮気味に言った。心なしか瞼もいつもより数ミリほど開いているように見える。

「卵焼きくらい出来て当然だ。喜んでないで、さっさと食え」

スノーの初卵焼きが載った皿をテーブルの上に置き、そこへトマト、レタス、ウインナーを手早く調理して盛り付けてやると、俺はコーヒーの入ったマグを手に、向かい側に座った。

「卵焼き、良き」

スノーは自分で作った卵焼きを頬張りながら、それを一つ、こちらに寄こしてくる。

「俺は朝は食わない」

「スーの、良き、卵焼きです」

「だから食わないと言っている。自分で食え」

「虎太、卵焼き、落っこちゆ」

スノーが言った直後、彼女のフォークからテーブルに、ポトッと落ちる卵焼き。

「はにゃ」

「……ったく」

卵焼きを拾い、俺はそれを自分の口に投げ込んだ。味は悪くない。まぁ、俺が指示通りやらせたんだ。当然だろう。

「虎太、おこちたの食べてる、汚ひ……><」

「黙って食え」

そう言って、俺はコーヒーを啜りつつ、もしゃもしゃとレタスを食べるスノーを眺めた。彼女を見るに、生活能力がないと言うよりは、そういった日常の諸々を教わってこなかったがゆえに、一人で生活が出来ないといったように思える。

「スノーは狩りをしていたようだが、狩った獲物は捌けるのか？」

尋ねると、彼女はこくりとうなずいた。やはりそのようだ。炊事、洗濯、掃除……最低限、生活に必要な家事を叩き込めば、早々に追い出し、一人暮らしをさせることも可能かもしれない。先ほど見た通り覚えは早い。手先もそれなりに器用だ。あとは食材と生活用品の買い方、いや、その前に金の使い方から教えてやらねば——。

……待て、なぜ俺がそんなことをしなければならない。

「スノー、さっさと食え」

ふと冷静になり、コーヒーを飲み干すと、俺は立ち上がった。

それから支度を終えたスノーと共に玄関を出て、灯籠院へ向かおうとする。

しかしそこで俺は、家を囲むようにして、何かを燃やした跡が規則的に付いていることに気づき、しゃがみ込む。

「……なんだ、これは？」

「虎太、早く、行く……！」

時間が迫っていたため、ひとまずそれらを蹴って排除し、俺は灯籠院へと向かった。

灯夜殿に入ると、ハート、レジーナ、ラビの三人は、すでに座って待機していた。

その中にスノーが着席したのを確認すると、俺はブリーフィングでいつも使用しているオーバーヘッドプロジェクターに、昨晩作成したハニートラップの基本についての資料を敷き、座学を開始した。

「では、まずはハニートラップの歴史と事例についてだが――」

「ちょっと待ちなさいよ」

しかし、さっそく講釈を垂れようとしたところで、レジーナが話を遮った。

「……なんだ」

「じれったいわよ。歴史とか事例とか、そんな細っかいこと、必要ないでしょ⁉」

「レジーナ、歴史は確かにそう思いますけれど、事例などは学んでおくべきことだとは思いますわ」

まるで勉強が苦手な体育会系の生徒に、優等生のような言い方をするハート。

「事例なんてものも実戦で何一つ役に立った試しなんてないわよ。環境も標的も、実戦では毎回何もかも違うのに、同じことが起こるわけないじゃない」

「そうでしょうか」

「レジーナ、必要ないなら何を学ぶつもりだ？」

「学ぶ必要なんてないわ。虎太郎を落とせば良いだけでしょ？」

「……出来るのか？」

「ハニートラップなんてやったことないけど、簡単よ！」

挑戦的な目つきで、レジーナは俺を見据えた。

そんな彼女に、俺はうなずいてみせる。やる気のあるやつは嫌いじゃない。

「……いいだろう。やってみろ」

言って、俺は標的と状況の設定、それからレジーナの勝利条件を提示し、待ち構えた。

標的は敵軍部高官。状況は武器使用禁止の企業主催パーティーでの諜報任務。勝利条件は標的のジャケット内ポケットにある重要書類の入手。

俺が想定する限りでは、標的に近づき、相手の体にそっと手で触れつつ隙を見て盗み取るか、部屋に誘い込み、ジャケットを脱ぐ状況を作り出し、その間に盗み出すかだ。

「ここは軍事企業主催のパーティー会場だ。このパーティーは新兵器開発の義援金を募るために開かれた。政治家、投資家、そして軍幹部、さまざまな業界の有力者たちが集っている。今回レジーナは、敵軍部高官である俺から重要書類を盗み出すという任務にあたる。無論、武器は使えないということもあり、任務達成にはハニートラップが最適だと思われる。状況は以上だ。ラビはスノーと、ハートは俺と会話。では、始め！」

室内に散らばり、仮想訓練が開始される。

襖が開き、パーティー会場にレジーナが入ってくる。彼女は遠くから俺のことを確認しつつ、じりじりと距離を縮めていく。そして程なくして、ハートと話している俺の横へとやって来た。

俺とハートは彼女を見たあと、再び話に戻る。

しかしそこで、肩をツンツンとつつかれ、もう一度レジーナに視線を向け、俺は口を開いた。

「なんだね」

瞬間、レジーナは勝ったような笑みを浮かべたかと思うと、着ていたシャツをバッと開き、あろうことか胸を曝け出した。

「ちっ……」

勝ち誇った表情のレジーナに思わず舌打ちが漏れる。何を考えているんだ、この女は。

「さっ、行きましょう?」

「はあ……」

大きなため息をつき、演技をやめ、そこで仮想訓練を中断させる。

「なによ、どうして止めるのよ」

「誰がこんな得体の知れない女について行くと思う」

「あなたよ、ついて来なさいよ。誘ってるんだから」

「見晴らしの良い草原で、戦車の砲塔の照準が合った家が一つ、ぽつんとある……入るか?」

「入らないわよ。バカじゃないの」

頭が痛くなりそうだ。

「次、誰かハニートラップを仕掛ける自信がある奴はいるか」

その後、ラビ、ハート、スノーと順番にやらせてみたが、ラビは変な踊りを披露し(妖艶に見せたつもりらしい)、ハートはなぜか俺に触ることすらしようとせず、スノーは延々と俺の顔を見上げるだけでしゃべらず、結果は全員、任務失敗に終わった。

本気で頭痛がしてくる。もはや座学、実技以前の問題だった。何か根本的なところから間違っている気がする。

「失礼します、調子はどうですか？」

俺が頭を抱えていると、様子を見に来たすずめが部屋に入ってきた。そして、部屋いっぱいに広がる、どんよりした重苦しい空気に一瞬で状況を察したのか、一度皆を座らせ、何があったのかを俺に説明させる。

「なるほど……」

俺の説明を聞くと、すずめも想定外の出来事だったのか、そう言ったきり、次の言葉が出てこない様子だった。まぁ、無理もない。いくらハニートラップの経験がないからと言って、通り名持ちがここまで絶望的な分野を持っているとは思わないだろう。やはりこれも、スパイの世界にどっぷり浸かり、同じ年代の女子とは違う生き方をしてきた弊害か……。

それからすずめは何やら考え込み、五分ほど経ったところで、ようやく口を開いた。

「失礼ですが皆さん、恋愛経験はありますか？　いや、その前に、恋したことってありますか？」

その質問に、その場の全員が沈黙する。

「……わかりました。たぶん、これ、私が悪かったです」

彼女たちの反応を見ると、すずめはそう言って、頭を下げた。

「皆さん、本当に申し訳ありませんでした」

やはり野生の擦れたライオンに芸を……それも、飼い猫のような甘え方を教えるなんて到底無理なことだったのだろう。血生臭い世界で生きてきた彼女たちにハニートラップは不可能だと、すずめもこれで思い知らされたはずだ。ひとまず彼女たちのハニートラップは諦めて、気忍花にはまた人員を補充することになる。

　結論が出たところで、俺はすずめの口から、訓練の中止を決定する言葉を待った。

　しかし次に彼女の口から出てきたそれは、ハニートラップよりももっと遠い位置に存在するような言葉だった。

「皆さん、まずは恋を知り、恋愛が何なのかを学びましょう。ハニートラップの訓練はそれからですね」

「すずめ、何を言ってる？」

　スパイ、暗殺者、ハッカーに……恋、だと？

「虎太郎さん、いいですか。ハニートラップとは、相手を誘惑し、恋をさせ、メロメロにして骨抜きにする諜報手段です。つまり、恋を知ることがハニートラップへの第一歩となるんです。私はてっきり、そこはもうパスしているかと思っていたので、少し見誤ってしまいました」

　一応、理にかなってはいるが、納得しがたい……。

「こ、恋を知るというのは、恋を、その、実際にするということですか？」

　ラビが手を挙げ、質問をする。

「いえ、実際に皆さんに恋をしてもらうとなると、何年かかるかわかりませんので、今回は実際に恋をするのではなく、人はどういう状況で恋に落ちるのか、ということを学んでもらいます。それがわかれば、ハニートラップの取っ掛かりを摑むことも出来るようになると思うので」

「なるほど……それで、わたくしたちはそれをどうやって学べばよろしいのでしょうか」

「退屈な座学は嫌よ」

「ふっふっふ、皆さん、この世界には……特に日本には、それに適した資料が山ほどあるのでご安心ください」

意味深な様子で、すずめが怪しい笑みを浮かべる。

「日本って、ハニートラップ要員の養成が盛んなわけ？」

「初耳ですわね」

「いえいえ、違いますよ」

「じゃあ、何なのよ？」

「すずめ、もったいぶってないで、はっきり言え」

促すと、すずめは一呼吸置いて、嬉々として口にする。

「それはずばり、恋愛映画！　そしてラブコメ漫画です！」

あまりにくだらない話に、俺は立ち上がった。

「気忍花のためだからと指導を引き受けた俺がバカだった」

「ま、待ってください、虎太郎さん〜！」

「恋愛映画やラブコメ漫画でハニートラップを習得出来るようになるはずないだろう、くだらん」

縋りついてくるような仕草を見せるすずめに俺は吐き捨てる。

するとすずめは姿勢を立て直し、正座をして、人差し指を立てながら説明を始めた。

「いいえ虎太郎さん、侮るなかれ。今現在活躍している現役のハニートラップ要員の皆さんの中でも、恋愛映画からアイデアを得ている人は多いと聞きます。なぜなら恋愛映画には、男女共に憧れるシチュエーションが詰まっているからです。そして実際に映画のような出会いを演出すれば、人はそれを運命と錯覚し、浮かれ、恋に落ち、骨抜きにされるのです」

力説するすずめが続ける。

「いずれ皆さんにもハニートラップのヒントとして観てもらうつもりで用意しておりましたが、やはり最初に出しておくべきでしたね」

それからすずめは、どこからかダンボール箱を数箱持ってくると、それを開いて見せた。中にはキラキラとまぶしいパッケージの恋愛映画の数々、そして何巻にも続くラブコメ漫画がいっぱいに詰まっていた。

「とりあえず、まずは映画を先に観ましょうか」

そう言うと、すずめは灯夜殿の広間にスクリーンとプロジェクターを用意し、その前に座布団を並べ、全員を座らせた。そして、映画が上映される。

ラビは初めから興味津々と言った様子でスクリーンを見つめ、ハートとレジーナは、最初こそめんどくさそうな様子を見せていたが、いつの間にかラビと同じように、スクリーンを食い入るように見つめていた。ちなみにスノーは始まってからずっと、いつもと変わらないぼーっとした表情で、眉一つ動かさずスクリーンを眺めていた。

どうやら女たちは皆、恋愛映画に夢中のようだ。

しかし、ノーフェイスが潜んでいるかもしれないと言うのに、呑気にこんなことをしていて良いのだろうか。いや、ノーフェイスもノーフェイスだ。何を呑気に恋愛映画などを観ている。

「……くだらない」

半分ほど経過したところでいよいよ耐え切れなくなり、俺は席を立つと外に出た。

空を見上げる。季節は六月に入ろうとしていた。

「紫陽花、植えるか」

一人つぶやくと、近所の花屋に紫陽花の苗木を四本買いに行き、俺はそれを、灯籠院の後庭園に植え始めた。

スコップで深めの穴を掘り、腐葉土などを混ぜたあと、買ってきた苗木を注意深くその穴に植え、土を被せてやる。残りの三本とも同じ作業をし、少し広めに間を取り植えていく。

紫陽花は大きくなるため、一つ一つ、こうして広めに場所を取っていってやらねばならない。

境内の紫陽花は、南の入口から本堂までの表参道、中庭園などの隙間を埋め尽くし、現在は後庭園にまで届いていた。後庭園を埋め尽くしたら、いよいよ植える場所がなくなってしまう。

そうなったら、どうすれば良いのだろうか。

「何よ、いなくなったと思ったら土いじりでもしてたわけ？　虎太郎も暇なのね」

四本目の紫陽花を植え終え伸びをしていると、映画を観終わったレジーナが声をかけてきた。

「レジーナ、恋愛映画を観て、何か学びはあったか？」

尋ねてみる。レジーナは意外なことに、どこか興奮気味に答えた。

「驚いたわ、虎太郎。恋愛映画って役に立つのね」

「ずいぶん感化されたようだな……」

「だって本当に役に立つのよ。正直私も、恋愛映画なんて甘っちょろい軟弱な人間のものだと侮っていたわ。いや、確かに甘っちょろいし、軟弱なんだけど……その軟弱さを男に見せれば良いのよ。で、私の場合は、その軟弱さを見せずに強く出てしまっていたわけ！　要するに五段階ある工程で、私はいきなり五段階目に吹っ飛んでたの！　でもまずは一段階目で軟弱さを見せつつ……」

たった一本恋愛映画を観ただけで、それなりに要領を把握した様子のレジーナ。これは彼女の呑み込みが早いのか、それともすずめの映画選択がうまかったのか。

その日一日の出来事を嬉しそうに話す少女のように、レジーナが映画から学んだことを俺に説明していると、話し声につられたのか、残りの三人が集まってきた。

「虎太郎、何をやっていらしたのですか？」

土で汚れた俺の手に目をやり、ハートが尋ねる。

「土いじりよ、土いじり」

恋とはいかに軟弱か、そしてそれがハニートラップにどう作用するのかを語っていたレジーナが、ハートの質問に答える。

するとハートは少し身を引いた様子で、ほんのわずかだが眉をひそめた。

「そうでしたの。わたくし、そういうのは遠慮いたしますわ」

言って、彼女はそそくさと灯夜殿へと戻って行く。

「こ、虎太郎さん、ガーデニングが趣味なんですね。い、意外です……！」

「ここの紫陽花、ぜんぶ虎太が植えたぬ!?　灯籠院の紫陽花もぜんぶ虎太が、植えたぬ!?」

「そんなわけないだろ。俺はまだこの一画だけで――」

と、驚くラビとスノーに呆れていると、今度はすずめがやって来た。

「皆さん、そこで何してるんですかー？　虎太郎さんでも見つけましたか？」

しかしそこで、すずめは俺と、植え終えたばかりの紫陽花を見ると、楽しげな表情を一転させ、声のトーンを落として言った。

「えーっと、皆さん。お話が終わったら、灯夜殿に戻って来てくださいね」

そして振り返ると、彼女は俺に背中を向け、

「……虎太郎さんも、早く手を洗って、戻ってきてください」

と、灯夜殿へと戻って行った。

「ほら、途中で抜け出して土いじりなんかしてるから、すずめ、ちょっと怒ってるじゃない。ふんっ、ざまぁないわね」

「それでは虎太郎さん、私たち先に戻ってますね。行こ、スノーちゃん、レジーナちゃん」

彼女たちが去って行き、俺も園芸用具を蔵にしまうと、手を洗ってから灯夜殿へと戻った。


「――つまり、映画的な運命の出会いを演出して近づけたら、次はラブコメ漫画のようなドキッとする仕草を見せて崩していけばイチコロよ。ハニートラップ、なんて簡単なのかしら」

「レジーナ、それだけではいけませんわ。すぐに関係を持とうとはせず、ある程度じらしを入れて、長期的に攻めていくことが要ですのよ」

「そ、そうなってくると、し、心理学も応用できそうですね」

「うぅ～ん、皆さん！　理解が早くて助かります！　やっぱり名持ちはセンスが違いますね。あっ、虎太郎さん、遅いですよ、もう」

灯夜殿に上がってきた俺の姿を見つけると、すっかり元に戻った様子で、すずめが唇を尖らせた。

「虎太郎、さっきの仮想訓練、もう一度やるわよ」

すると、さっそく学びを得たレジーナが俺の姿に気づくなり、近寄って来ては、自信ありげに実践を要求してくる。

「……いいだろう」

しかし、やる気のあるやつは嫌いじゃない。

俺はうなずき、ハートたちを立たせると、位置に着いた。

「よしっ、すずめ、見てなさい。ハニートラップの訓練は今日でコンプリートよっ！」

腰に手を当て、自信に満ちた表情を浮かべるレジーナに、すずめが不安そうに言う。

「レジーナさん……大丈夫かなぁ」

それから、先ほどと同じ舞台設定で、今度はすずめ監修の下、レジーナの仮想訓練が始まる。

襖を開け、会場に入り、こちらの様子を窺い、ツンツンと肩をつついてくる。胸を曝け出すまでは前回と同じだった。どうやら本当に、何かを学んだ様子だ。

「なんだね」

俺が口を開くと、それからレジーナはこちらを見つめたまま、周りをうろちょろし、手に持っていたグラス（想像）を俺にこぼした。スーツにスパークリングワイン（想像）がかかる。

「あら、ごめんあそばせ」

そしてポケットからハンカチを取り出す仕草を見せるレジーナ。しかしそのあと、俺の服を拭こうとし、なぜかそこで、彼女はわざとらしく転んだ。

「……てへっ☆」

「ちっ……」

それからというもの、レジーナは人を苛立たせるようなドジを連発したかと思えば、挙句の果てにはもう一度、胸を曝け出した。

「どうよっ！」

「……はあ」

胸を曝け出したままどや顔するレジーナから視線を逸らし、大きなため息をつく。

おそらく、グラスをこぼし、それを慌てて拭くことから始まる運命的な出会いを演出したのだろうが、あまりにも不自然だ。そしてなんだ、そのあとに続く人を苛立たせるようなドジの数々は……。

「おかしいわね、映画だとこういうドジっ子を主人公は優しく助けてあげてたわよ」

レジーナが俺を見て、答えがわかったかのような顔をする。

「あっ、わかった、虎太郎がおかしいのよ。普通の男なら、『大丈夫か』って手を差し伸べてくれるはず。なのに虎太郎は蔑んだ目で見下すだけだったわ。すずめ、この男、やっぱ訓練相手にならないわ」

「レジーナ、おまえ――」

「ま、まぁまぁ、二人ともちょっと落ち着いてください」

すずめが間に入り、強制的に仮想訓練を終わらせる。

「えーっと、まず虎太郎さん。そうですね、レジーナさんの言う通り、相手のことを蔑んだ目で見下しすぎです。いくら怪しんでいたとしても、周りの目があるし、ハートさんと話していたわけですから、軍部高官なら手を差し伸べるくらいはすると、私は思います」

「これでもまだ甘いほうだ。実際なら警備を呼ばれてすぐに追放だろう」

「それは屁理屈です。それからレジーナさんは、その、頭の中ではわかってる感じですが、なんと言うか、経験値不足と言うか……技をうまく使いこなせていないというか……」

どこか言葉を選ぶように、煮え切らない様子ですずめが言う。

それから彼女は考えあぐねた後、ゆっくりと口を開いた。

「まぁ、こういうのは習うより慣れろとよく言いますし、とりあえず今日はこのくらいにして、あとは各自しっかり勉強し、自分なりのハニートラップを考案して、いろいろ実践してみてください」

「自分なりのハニートラップ……ですか」

ハートがぽつりとつぶやき、ラビも、

「自分なり、自分なり……あっ」

と、何かわかったような表情を浮かべた。

「虎太郎さんも教官を引き受けたからには、皆さんの訓練に付き合うこと。いいですね？」

「つまり俺は、サンドバックというわけか」

「サンドバックと言うよりは、実験台……？」

思わずため息をつく。だが、どんな形であれ教官を引き受けたのは事実だ。仕方ない。

「とにかく、どんなものでも構いませんので、虎太郎さんにハニートラップを仕掛けてみて感覚を掴んでください。あえて訓練と言って虎太郎さんに付き合ってもらうのも良いですし、気づかれずに仕掛けてみるのもアリです。それでは、皆さんよろしくお願いしますね」

すずめはそう言って、ハニートラップについての話を切り上げると、

「さて、ハニートラップの訓練も大切ですが、それと同時に、私たちは気忍花を再建しなくてはなりません。と、いうわけで――」

とつぶやき、姿勢を直して言った。

「皆さん、任務の依頼が来ております」

2

「海を見てると、故郷を思い出すわ」

砂浜で膝を抱えて座り、海を眺めながら、ウェットスーツに身を包んだレジーナが、ぽつりとこぼした。

「ヴェネチアか」

「うん。知ってたの？」

「ローザファミリーがヴェネチアにあることくらい知っている」

隣に立ち、彼女と同じようにウェットスーツを着た俺が返事をすると、レジーナは何か言いたげな表情で俺をしばらく見つめ、再び海に視線を戻した。

「……日本のこの海も、ヴェネチアに繋がってるのよね」

「帰りたくなったか」

「そうね、お姉ちゃんがいるなら、いつだって帰るわ」

彼女が発した儚げな声は、波の音にかき消される。

レジーナは立ち上がり、冗談交じりに続けた。

「それに日本だと、灯籠院でしか銃を所持しちゃいけないでしょ。生まれてからずっと銃を持って生きてきたから、なんか落ち着かないのよね」

当然だが、レジーナの銃や俺の刀、スノーのスナイパーライフルなどの武器はすべて灯籠院で保管されており、普段は外への持ち出しは禁止されている。緊急時以外の武器の所持は、気忍花の拠点であり、特別な許可を得ている灯籠院内でのみ許されている。

「そのうち慣れる」

「この環境に慣れちゃうのもそれはそれで問題。しかも今日だって、任務だって言うのに武器の所持は禁止されてるし、平和ボケしないか心配よ」

するとレジーナはそこでふと何かに気づいたように続けた。

「まぁ、武器が使えない状況でも役に立つのがハニートラップってわけなんだろうけどね」

膝に頭を乗せ、レジーナが横目でこちらを覗き込んでくる。

「ねえ虎太郎、ハニートラップ、仕掛けてあげよっか？」

「任務中だ。ふざけるのはよせ」

それに、自分からハニートラップを今から仕掛けると宣言するやつがいるか。

どうも俺は、レジーナのハニートラップには一生掛からない気がする。

「ふん、いいわよ。私だって好きでやってるわけじゃないんだし」

レジーナは呆れたようにそう吐き捨てると、

「さて、そろそろ時間ね。虎太郎、あなたの実力、お手並み拝見させてもらうわ」

と立ち上がり、伸びをした。見れば遠くの方からはラビが運転する、任務に必要な装備を積んだ、十人ほどが乗れる複合艇がやって来ていた。

腕時計に目をやり、定刻になったことを確認する。

「では、作戦行動を開始する」

俺たちは浜辺につけた複合艇に乗り込むと、目標地点まで移動を始めた。

〝要人警護任務〟――それが、再始動を始めた気忍花への最初の依頼だった。任務内容は、機密情報の裏取引のため極秘来日する某国の要人を警護する、というシンプルなものであり、任務日は二日後に設定されている。

しかしその前に、すずめはやることがあると言って、俺たちに指令を下した。

『蜜の匂いにつられた〝虫〟の駆除をお願いします』

それは極秘来日の情報を掴み、事前に日本へと密入国を試みる同業者を排除することだった。

しかしこの指令、なかなかに難易度が高い任務だった。なぜなら、極秘来日の日程を掴んでいるスパイが事前に密入国することは容易にわかるものの、それが何日の何時に、どこで、どのような経路で入って来るかまではわからないからだ。そのため、今まではこういった指令は下されず、要人警護任務に意識を集中することで、集ってくる〝虫〟を排除してきた。

しかし、今回は違った。

「目標地点に到着。ハート、状況はどうだ」

『予定通り進行中です。座標の変更はなし。目標はブリーフィング時にお見せした写真の通り、無名の小型漁船ですわ』

そうだ。俺たちはすでに、〝虫〟が何日の何時に、どこで、どのような経路で密入国をしてくるか、すべてを把握していた。

そしてこれはすべて、ハッカーであるハートの能力によるものだった。

今回極秘来日する要人は国外の敵が多いゆえ、何かしらの襲撃があると睨んだすずめが、その特定をハートに頼み、そして、特定を頼まれたハートは、まず、国内から海外に発信された膨大な通信記録にアクセスし、分析AIを用いて国内にいるスパイの支援者を特定した。それからその支援者のPCをハックし、監視を続けるという手法を取った。

そして現在、その予定通り、約束された時刻に、何もない海の真ん中で、日本の小型漁船が停泊しているのが見える。

「ラビ、あれで間違いないな」

見落としを防ぎ、確実性を高めるため、昨日から彼らの密入国ルートに張り込み、現場にて監視と尾行を続けていたラビに確認する。

「はい、間違いありません。予定ルートを通った小型漁船は、あの一隻のみです」

「よし。レジーナ、行くぞ」

双眼鏡で目標の確定を済ますと、俺とレジーナは複合艇に積んでいた水中スクーターを海に浮かべ、それに乗り、目標に接近する。その後、反対側に回り込んだレジーナに合図を送り、俺たちは船の側面から強力吸盤器で船上へと乗り込むと、奇襲を仕掛けた。

『前と、運転室と、後ろに一人ずついりゅ』

遠くから観測手として監視を続けるスノーから相手の位置が伝えられる。ハートの情報通り、相手は外国籍と思われる三人の男。甲板と船尾の二人が辺りを警戒し、運転室の一人が支援者からの連絡を待っているようだ。

俺はすぐに、レジーナへ船尾付近の敵の対処を指示し、自分は運転室へと侵入した。

そして、軍用PCを前に、小型の拳銃のチェックをしている相手の首を背後から絞め気絶させ、手首に拘束具を付け無力化に成功する。船上に乗り込んでからここまで十秒。船尾に目を向けると、レジーナも滞りなく相手の無力化に成功していた。

次に俺は、運転室から甲板へと向かおうとする。するとそこで、スノーから無線が入った。

『最後の一人、警戒ちゅー。右側に移動しました。手に銃持ってりゅ』

それを聞いていたレジーナと頷き合い、彼女は左から、相手の背後へ回り込みに行った。

そして、船尾付近で捕縛されている仲間に気づいた相手が、レジーナの気配を察知し、振り返る。

「あなた、単純って言われない？」

瞬間、銃を蹴り上げるレジーナ。それと同時に、俺は背後から相手の首を絞め、気絶させた。

奇襲から制圧まで、ものの一分もかからなかった。

「見事だな」

初の奇襲作戦で、なおかつ銃も刀も使わない、生身のみでうまく連携し、きれいに制圧出来たことに俺がそうつぶやくと、レジーナはどこかつまらなそうに言った。

「これくらい当たり前よ。もうちょっと手ごたえのある任務がいいわ」

「四人の気忍花での初めての任務だ。これくらいが妥当だろう。それに、今回は相手が完全に油断しきっていたからここまでスムーズに進行できた。ハート、スノー、ラビ、そしてレジーナ、四人それぞれの能力がうまく発揮された良い作戦だったと思う」

「そうね～」

「まだ任務は終わってないぞ。船尾で眠ってるやつ、運転室に持って来い」

退屈そうにあくびをするレジーナに指示し、俺は目の前の男を拘束したあと運転室へと運ぶ。

彼らは銃を持っていたため、要人警護中に襲撃されたら厄介な相手になっていただろう。それをこうして事前に潰すことが出来たのは幸運だった。同じ相手でも、情報をどれだけ持っているかで、その作戦の難易度は段違いに変わってくる。今回はハートによって、相手の手札がすべて開示された状態で戦ったようなものだ。

「………………」

そのとき、ふと気配を感じ、俺は瞬間的にその場から姿を消すと、音もなく背後に立っていたレジーナの後ろに移動した。

「えっ……き、消えた……？」

「レジーナ」

「わぁっ⁉」

自分の背後から声がしたことに驚き、咄嗟に振り返るレジーナ。

「な、なによ……びっくりさせないでよ」

俺はそんな彼女の手に握られていた拳銃を奪い取り、言った。

「銃を持って、俺の背後に立つな」

「だ、だからって驚かすことないでしょ。ふん、こいつから銃を取っただけよ」

レジーナは自分が驚かされたことが気に食わないのか、どこか不貞腐れた態度で、拘束した男から拳銃を剝ぎ取ったことを説明した。

「それより、こいつらどうするの？」

運転室に集められた三人を見下ろし、レジーナが尋ねてくる。

「海上保安庁に連絡して、このまま漁船ごと引き渡す予定だ」

「ふーん、案外平和主義なのね。ローザだったら、殺して海にポイよ」

「無論、そちらの方が早いが、すずめが決めたことだ。それに俺も、無駄な殺生は好まない」

「無駄な……ね」

心なしか、レジーナが少し顔をしかめた。

「ならさっさと連絡して、渡しちゃいましょうよ」

「あぁ」

俺はうなずき、ハートに無線で、任務が無事完了したことを報告する。それから、この漁船が停泊している座標を海上保安庁へ匿名で連絡するよう指示した。

「まっ、そりゃそうよね」

俺の話を聞いていたレジーナが、一人納得した様子でうなずく。

「当たり前だ。引き渡すと言っても、俺たちがそのまま渡せば事情を知らない彼らは混乱する。それにこれは要人警護任務の一環だ。つまり、極秘に遂行しなければ……」

そこまで言ったところで、俺は何か違和感を覚え、目線を下げた。

「どうしたのよ、虎太郎」

「……待て」

そして、運転室に置いてあった軍用ＰＣの画面を見て、時が止まる錯覚を覚えた。

――まずい。

「レジーナ、海に飛び込め！」

軍用ＰＣに表示されたタイマーが三秒を切っていることに気づいた瞬間、俺は叫ぶと、レジーナと共に海へ飛び込んだ。直後、漁船が爆発する。どうやら証拠抹消のため、緊急時に起爆するよう設定された爆弾が仕掛けられていたようだ。そして、そのタイマーが何かの拍子に作動していたらしい。

あのまま乗っていたら、俺もレジーナも海の藻屑となっていた。

「レジーナっ……！」

それから俺はすぐにレジーナの姿を捜した。彼女の飛び込む姿は見ていたため、海へと逃げ込めたはずだった。しかし海中は船の破片と爆発の衝撃による濁りで視界が悪く、思うように彼女を捜すことができない。

「レジーナ、無事か！」

一旦海面に上がり、声をかける。返事はない。

胸騒ぎがし、俺は再び海へ潜ると、著しく透明度の低くなった海中で彼女の姿を捜し続けた。息が続く限り海中を捜索し、海面に上がって酸素を取り込み再び海中へと潜る。それを何回か繰り返しているうちにようやく、意識を失い、海中を漂っているレジーナの姿を発見した。

「虎太郎さん、大丈夫ですかっ！」

レジーナを海面へ引き上げると、そこへ、待機していたラビが複合艇で駆けつけてくる。

「レジーナの意識がない」

俺はレジーナを複合艇に上げ、自分も乗り込むと、すぐに浜辺に向かった。彼女に目立った外傷はなく、出血もしていなかった。おそらく、船の破片に頭を打って気を失ったのだろう。

「虎太郎さん、わ、私、すずめちゃん呼んできますっ！」

それから浜辺に着くなり、止める間もなくラビは灯籠院へと走って行ってしまう。

「あ、おい……」

複合艇に残された俺は、一人でレジーナを砂浜まで運ぶと、そこに寝かせ、息を確認する。

彼女の呼吸は止まっていた。

「おい、レジーナ、しっかりしろ。レジーナ！　……くそっ」

息をしていないレジーナを起こそうとするも、もちろん彼女が起きる気配はなく、俺はそこで黙ると、レジーナの顔を見つめた。この次に自分が行うべき処置はわかっている。一刻を争うこの状況で、このますずめが来るのを待っていたら手遅れになる可能性があることも。

「なにやってんだ。早くしろ。このままじゃレジーナが……死ぬぞ」

頭ではわかっていたが、しかしレジーナを前にして、俺の体はすっかり動かなくなっていた。

俺は過去に一度だけ、任務に失敗したことがある。あれはまだ、俺が新人エージェントだった頃のこと。任務で殉職していく仲間たちを目の当たりにし、それについて悩んでいたとき、俺はとある女性エージェントに相談に乗ってもらっていた。彼女は悩んでいた俺に優しく話しかけてきてくれ、相談を聴き、俺の苦しみを受け入れてくれた。そんな彼女に、俺は次第に心を許していき、仲間や組織内でのこと、果ては任務についての相談もするようになっていた。

そして俺は、そんな彼女にまんまと裏切られた。彼女は敵対組織のスパイだったのだ。その事実がわかったのは任務中、俺の目の前で、彼女が俺の友人を殺したときだった。そう、俺は目の前で友人が殺されるまで、何も気づくことが出来なかったのだ。そして彼女は手に持っていた凶器を俺に向けた。本来ならば、そこで俺も殺されるはずだった。しかし俺は、彼女の温情で、見逃された。怒りよりも恐怖を抱き、体が動かなくなっていた。情けなかった。俺が相談したことにより、相手側に情報が筒抜けとなり、そのせいで友人は殺され、任務は失敗した。

裏切りが日常である世界だと頭では知っていたはずなのに、心がそれを理解してくれなかった。彼女のあの笑みは、彼女が俺に見せたあの涙は、その温もりは、すべて偽物だったのか。

それ以来、俺は女のことがわからなくなり、女が苦手となり、女に極力近づかなくなった。戦闘時などでは正気を保っていられるが、そうでない平時で、こうして女相手に戦いではない何かをしようとすると、この体はじわじわと動きを鈍くしてゆく。

そしてこんなときでさえ、そうなってしまう己に、心底嫌気がさす。

「やれ、やれ……やれ、やれ、やれ、やれ……」

己に暗示をかけるように繰り返し、目を瞑ると、俺は深呼吸をし、レジーナの口を開いた。

「レジーナ、しっかりしろ……」

それから俺は、レジーナの口に息を吹き込んだ。

一回、二回、そして三回ほど人工呼吸をすると、レジーナはそこで水を吐き出し、蘇生した。

「んぐっ……はっ……お姉……ちゃん……」

「レ、レジーナ、起きろ。しっかりしろ……！」

こちらの呼びかけに、レジーナの瞼が開く。

そして、彼女の目の焦点がゆっくりと合わさっていくのがわかった。

「……うそ、私、まさか」

彼女の視界に映る一面の空と波の音、砂浜の上で目を覚ましたその感触に、レジーナは自分が海で溺れたことをすぐに把握したようだった。

そんな彼女にうなずくと、レジーナは情けない笑いを込み上げさせた。

「はは、あはは、溺れちゃったんだ……めっちゃバカじゃん、私。ドジっちゃって」

俺は彼女が普通に話せることに安心し、そこでようやく、体から力を抜かしていく。

「……心配させるな」

するとレジーナは、そんな俺を優しげな瞳で見つめると言った。

「……ねえ、すごい必死になってくれるんだね、あなた。顔、青ざめさせてまで。あはは、意味わかんない。しかも、あなたがいなかったら私、爆発に巻き込まれて死んでたっぽいし。私、こんな短い間に二回も虎太郎に助けられちゃったの？　もう、うそでしょ。冗談やめてよ
……」

「それはこちらのセリフだ。本当に、この俺に何をさせたと思ってる」

俺が呆れながら返すと、レジーナはおもむろに、自分の指でそっと唇をなぞる。

「まさか、してないわよね？　……人工呼吸」

二人の間に、沈黙が広がった。

「死なせて」

「生きろ」

途端、自分で自分の首を絞め始めたレジーナを止める。

「そんなくだらない理由で死にたがるな」

「うぐぅ〜……私の初めてが、こんな男なんかに〜……」

「そ、それは悪かった。だ、だが、俺がしなかったら、本当に死んでたんだぞ」

「だったら――」

そこでふと、レジーナの力が抜けた。

「だったら、それで良かったのに……。そしたら、お姉ちゃんのところ、行けたし」

「何わけのわからないことを」

「……お姉ちゃん、殺されたんだ」

レジーナが俺の目をまっすぐに見る。

「ねえ、虎太郎、わかってる？　あなたが私を助けたせいで、私はまた、お姉ちゃんを殺したそのスパイを殺さなくちゃならなくなったんだよ」

「なら、おまえは俺に、助けなかったほうが良かったとでも言うつもりか」

「どうだろうね。どっちのほうが、楽だったのかな」

レジーナが微かに笑みを浮かべる。

「今の私を見たら、お姉ちゃんは何を思うのかな。私は虎太郎に助けられたのに、お姉ちゃんは……」

それから、どこか遠くに想いを馳せるように俺の目を見つめていたレジーナの視線が、ふと俺の唇に移る。その瞬間、見る見る顔を紅潮させ、そしてものすごい力で俺を突き放した。

「ぐっ……」

いつもなら避けられるというのに、そのときの俺はまともに彼女の掌底を喰らってしまう。

「な、何をする……」

「な、な、な、何をするは、こ、こっちのセリフよッ！　何してくれてるのよ……ほんと、何してくれてるのよ！」

レジーナは勢いよく上半身を起こすと、どうしようもならない感情をぶつけるかのように、わなわなと声を震わせた。そして、今までないほど鋭い視線で俺を睨み、こちらに背を向ける。

「虎太郎、お願い、もう行って！」

「だが――」

「いいから、行って！」

レジーナに強く言われ、俺は体を起こすと、素直にその言葉に従った。この様子を見るに、命に別状はないだろう。それにすぐ、すずめたちも駆けつける。

「レジーナ、一応、精密検査は受けろよ」

言うと、レジーナはキッとこちらを睨んだ。

それから俺は一つため息をつき、浜辺に放置された複合艇を片付けに行く。

最後に振り返ると、レジーナは砂浜で一人、遠くを見つめながら、膝を抱えて座っていた。

その翌日——。

「暇そうね」

後庭園にて、日課である刀の訓練をしていると、レジーナが声をかけてきた。

「俺は今、刀の訓練をしている。暇ではない」

それから彼女を一瞥し、尋ねる。

「それより、頭や身体に、何か変わったところはないか？」

「えっ、あぁ、うん……特に異常はないみたい。……素早い蘇生処置が、良かったんじゃないかって」

「そうか」

「……うん」

レジーナは小さくうなずくと、俺の様子を眺めたまま、黙り込んだ。

「それで、俺に何か用か？」

そんな彼女に、刀を振り続けたまま、尋ねる。

「えっ、いや、用ってわけじゃないんだけど、もうすぐブリーフィング始めるみたいだから、呼びに来ただけ」

「そうか。わかった。訓練を終わらせたら向かう」

「うん」

彼女にそう伝え、俺はそのまま訓練を続ける。しかしレジーナは、それからしばらくしても、なぜかその場から動こうとせず、どこか煮え切らない様子で突っ立っていた。

「まだ何かあるのか？」

痺れを切らし、俺はそこで刀を下ろすと、レジーナに振り向いた。

瞬間、レジーナはビクッと驚いた表情を浮かべ、こちらから視線を逸らす。

「えっ、いや、そういうわけじゃないんだけど」

「なんだ？　はっきりしろ」

「だ、だから、その……これ！」

するると、彼女は後ろ手に持っていた水のペットボトルをこちらに差し出した。

「……水？」

「う、うん……あげる」

「いらんが」

「い、いいから受け取りなさいよ！」

押し付けられるような形で、レジーナに水を渡される。

「訓練で喉渇いてるでしょ。だから、それでも飲みなさい」

「急にどうした。まさか、毒入れてないよな？」

「い、入れるわけないでしょ⁉」

レジーナが、ふんっとそっぽを向く。

「じ、自分の命を救ってくれたお礼に毒を入れるなんて非道なやり方、しないわよ」

そこで、俺は気づいた。どうやらこれは、昨日のお礼ということらしい。

「そうか。それじゃあ、貰っておく」

「う、うん」

するとレジーナはこちらに向き直り、それから、彼女の視線は俺の唇に向けられた。

途端、彼女の頬が朱色に染まっていく。

「どうした、顔が朱いぞ」

「い、いいでしょ、なんだって！　それじゃ、私！　もう行くから！」

俺が尋ねると、レジーナは拗ねたように言って去って行った。

「騒がしいやつだ」

ぽつりとつぶやく。

それにしてもお礼がペットボトルの水なんて、俺が言えるものでもないが、不器用だな。

けれどもこれは、レジーナの気持ちだ。頂こう。

レジーナから貰った水を飲む。うむ、普通の水だ。うまい。

その後、俺は訓練を続けたあと、少し休憩し、ブリーフィングのため灯夜殿へ向かった。

「――作戦については以上です。あっ、それと、以前お話した通り、灯籠院の拝観期間がいよいよ始まります。なので、皆さんには全員、灯籠院の巫女として働いてもらうことになると思います。割り当ては、拝観料受け取りの受付が一名、お茶屋『灯寿庵』でお茶菓子やお飲み物をお出しする給仕さんが三名です。受付は一名なので早い者勝ちです。それでは皆さん、よろしくお願いしますね」

そして、明日に迫った要人警護任務についての作戦を確認し合った後、すずめが最後に、灯籠院の拝観期間についての説明をし、その日のブリーフィングは終わった。

3

極秘来日――。
それは要人が、日本への滞在記録を残さないため、極秘で行われる、公にされない来日だ。

漏洩が決して許されない機密情報の交換、賄賂の受け渡し、支援依頼など内容は様々であり、直接会うため、電話盗聴、通信記録、銀行口座の足跡を回避できるという利点もある。

また、これはごく一部の関係者以外は知ることが許されない重要機密事項であるため、要人の警護に警察などを出動させることはできない。

そこで、要人警護、同業者への対処、極秘任務の取り扱いに精通している、我々、気忍花の出番となる。

今回の任務は、某国で高い役職に就く要人が、自国だけでしか掴んでいない情報を秘密裏に日本政府へと受け渡すため極秘来日するので、それの警護にあたるというものだった。

情報を持つ相手がスパイであるならば、車中での文書の交換で素早く終わる話だが、相手はあくまでも要人だ。大々的な歓迎は行えないとしても、それなりの場と礼儀は必要とされる。

今回は、気忍花の地元・鎌倉の某寺院での密会となった。

我々は要人が目的の寺院へ着くまでの道のりと、密会後、空港に向かう車へ乗り込むまでの警護を務めることとなる。

無論、この極秘来日の事実が発覚すれば批判を浴びることになるため秘密裏に。そして日本の地で死なれては厄介なことになるため刺客は適切に排除が絶対。そして要人に傷一つ付けることなく、無事に送り返さなければならないなど、この任務、言ってしまえば、非常に面倒くさい爆弾を扱うようなものだった。

しかし、それでも日々、世界情勢は変化している。そして日本が世界から後れを取らないためには、リスクを冒してでも重要な情報を入手しておく必要がある。

この任務は、それを確実に達成させなければならない、重要な役割を担っていた。

「それでですね、私、あれからいろいろ見てみたんです。恋愛映画やラブコメ漫画、それと、日本の恋愛アニメも！」

そんな重要な任務の最中、寺院の山門付近で警戒にあたっている俺の隣で、同じく警戒にあたっているラビが一人あれこれとしゃべり続けていた。今は、ハニートラップの訓練の一環で見始めた恋愛もののアニメや映画の話をしており、そこには緊張感の欠片もない。

しかし、気が緩むのも無理はなかった。

なぜなら俺たちは、もうすでに〝虫〟の排除に成功していたからだ。

脅威を未然に潰す。おかげで、任務は平和を極めていた。

「それで思ったんですけど、こ、虎太郎さんって、ツンデレってやつですよね。あっ、でもデレてるところ見たことないから、そういう場合は、ツンツンになるのかな……？」

「くだらないな」

辺りを警戒しつつ、頭にはてなマークを浮かべるラビに相槌を打つ。

「ほ、ほら、そういうところがツンです！　女の子に対して冷たい態度を取るところなんて、まさにアニメに出てくるツンデレの男の子みたいですよ！」

「言っておくが、俺にツンはあってもデレはない。何を企んでいるのかは知らないが、期待しても無駄だ」

「べ、別に何も企んでなんかいませんよぅ……ただ、虎太郎さんはツンデレだなって思っただけで、デレてほしいなんて、これっぽっちもっ……！」

するとしゅんとしたラビが、ふっと姿を消した。

やれやれと一つため息をつき、俺は誰もいない空間に向かって声をかける。

「ラビ、任務中に気配を消すな」

「う、うぅ、そんなこと言われても、好きで消してるわけじゃないんですよぅ……」

何もない空間からぼんやりと現れたラビが、肩を落としながら弱音を吐く。彼女の声に気づき、俺は再び、ラビの姿を目視で確認することが出来た。

今日の任務中、少し気を抜くと俺はラビを見失いかけていた。彼女の声でようやく位置を特定出来るものの、人が多い場所では特に、彼女はちょくちょく姿を消してしまう。影が薄いというのは隠密にはかなり有利だが、こういった任務中でも見失いやすいのはやはり困りものだった。背後につかれている場合は、すぐに気づけるのだが……。

そんなこともあり、俺は任務中であるにも関わらず、彼女がしゃべり続けるのを良しとしていた。

『カナリア、巣箱に入りましたわ』

そのとき、上空からドローンで警護にあたっているハートから無線が入った。

カナリア――すなわち要人は、予定通り、密会が行われる寺院へと入っていったようだ。

「了解」

『ひとまず落ち着けますわね。二人とも、わたくしがドローンで監視を続けておきますから、少しだけ休憩してきても良いですわよ』

「ですって、虎太郎さん」

ハートの提案に、ラビがこちらを見る。

「ふむ」

要人は安全圏へと入った。ハートもドローンで警戒している。密会を行なうため、動きもしばらくはないだろう。それに、このまま寺院の前で待機しているのも少々不自然かもしれない。

「わかった。では何か動きがあったらすぐに連絡してくれ。俺とラビの二名は少し休憩に入る」

『了解ですわ』

「ラビ、移動するぞ」

「はいっ」

言って、俺はラビを連れその場から離れ、寺院近くの商店街の方へと歩き出した。

「皆さん、楽しそうですねぇ」

その途中、隣のラビが楽しそうに言う。鎌倉は紫陽花の季節を迎え、よく晴れているということもあってか、道中は家族連れや多くのカップルでどこも賑わっている様子だった。

「こうやって観光地を二人っきりで歩いていると、な、なんか、デートみたいですね」

「恋愛アニメに、似たようなシーンでもあったか」

「えへへ、バレちゃいましたか」

図星を指され、照れたように笑い、ラビが続ける。

「そのアニメでは、主人公の女の子と同級生の男の子が、こんなふうにデートをするんですけどね、二人はお互い、学校では苗字で呼び合っているんですけど、デートの間だけは、あだ名で呼び合うんです。お互いにだけわかる名前を呼び合う……なんだかこれって、コードネームで呼び合う私たちに似てませんか」

どうやらアニメのシチュエーションと俺たちの今を重ねているようだ。と言っても、学生とエージェントでは少々無理があるとは思うが。

そこまで話すと、ラビはぴたりと足を止めた。

「あ、あの！　虎太郎さん。そ、そこで私からご提案があるのですが、よろしいでしょうか」

「……なんだ」

立ち止まったラビに振り返る。彼女は俺から視線を逸らし、もじもじした様子で言った。

「わ、私もアニメのカップルみたく、虎太郎さんのこと、こ……〝こーたん〟って、呼んでも……いいですか？」

「断る」

秒で答えた。

「え、えぇ……!?　じゃ、じゃあ、こ……〝こーちゃん〟は……？」

「やめろ、気色悪い」

「う、うぅー……」

弱弱しい声を上げるラビに、俺はため息をつくと言った。

「ラビ、休憩とは言っても、今は任務中だぞ。遊んでるわけじゃない」

すると、ラビは俺を見上げ、訴えかけるように言った。

「そ、それはわかってますよぅ。私だって遊びたいから言ってるわけじゃないんですっ。ただ私は、虎太郎さんとこうして二人っきりになったので、せっかくだから私なりに勉強したハニートラップを試したいって思っただけで……こ、これは立派な訓練で、教官の虎太郎さんは付き合うべきだと思いますっ！」

単純にアニメに影響されたからのようにしか見えないが……。

「ラビ、その心がけは良いが、任務中に訓練をしようとするな」

「あぅ……」

当たり前のことを言われ、ラビはわかりやすく落ち込んだ様子を見せた。

ていた。

本来、現場での警護は俺とレジーナの予定だったが、一昨日の任務での出来事を考慮し、安全を見て、彼女は後方待機となった。そこで、レジーナの代役を誰が務めるかとなった際、真っ先に手を挙げたのがラビだった。

事前に脅威は排除していたため、今回の任務での戦闘はないと見たすずめは二つ返事でラビに任せ、ラビもラビで、妙にやる気に満ち溢れていた。

もしかしたら、俺と二人きりになるのを見越して、立候補したのかもしれない。

それでも任務中に訓練など本来あってはならない話だが、まぁ、今は休憩中だ。それに、ラビが自分なりにハニートラップについていろいろと勉強しているのは、話を聞いていたら伝わってきた。今はまだ好奇心に動かされている感じだが、ここで彼女のやる気を削いでしまうのも後々影響が出てしまうかもしれない。

何を試したいのかはわからないが、任務に支障が出ない程度には、少し付き合ってやるか。

「休憩中だけだ」

「……へ？」

「行くぞ」

それから歩き始めた俺の後ろを、今にも風に飛ばされそうなほど頼りなく、トボトボとついてくるラビ。切れかかっている電球よろしく、彼女の気配も点いたり消えたりと不安定になっトボトボと歩いていたラビが、俺の声に顔を上げる。

「休憩中だけ、ハニートラップの訓練に付き合う。それでいいな」

「ほ、本当ですか……？」

「あぁ」

「こ、虎太郎さんのこと、あだ名で呼んでもいいんですか？」

「……好きに呼べ」

そう言うと、ラビの表情に花が咲く。

「じゃあ、こーたん――」

「だが、〝こーたん〟と〝こーちゃん〟はやめろ」

さすがにそれはカップルというよりは、俗に言うバカップルのようだったため先手を打つ。

「うぅ……じゃあ、じゃあ〝こーくん〟にします！　虎太郎さんはこーくんです。こーくんっ」

俺の後ろを、ラビが小走りでついてくる。

「ちゃ、ちゃんと返事してください、こーくん」

「ちっ……勝手にしろ。それと、何度も言うが、休憩中だけだぞ」

「はいっ」

しつこいので返事をしてやると、ラビは嬉しそうに微笑んだ。

しかし〝こーくん〟なんて、無線でハートたちに聞かれたら、何を言われるかわかったもんじゃない。

「私、ちょっとだけ魔女の血を引いてるんですよ」

さまざまな生薬がディスプレイに並べられた薬屋の前を通ると、唐突にラビが口を開いた。

「魔女の血?」

「はい。だから、簡単な魔術くらいなら、ちょっとだけ使えるんです」

そんなことを話しながら、ラビはディスプレイを覗き込んだ。ディスプレイには、トカゲやタツノオトシゴの干物といった動物生薬や、よくわからない生き物の肝などが並べられていた。

「こういうものを素材に、魔術を使うのか?」

「はい」

俺の冗談に、ラビは何食わぬ顔で、そんな非現実的なことを口にする。

「そうか」

占いか、それに近い何かのことを魔術と呼んでいるのだろう。

そう納得し視線を逸らすと、ラビは俺の顔を覗き込んで言った。

「あっ、し、信じてませんね?」

「信じはしないが、否定もしない。人それぞれ、いろいろな趣味があるからな」

「う、うぅー……」

いつも気弱な雰囲気のラビが、珍しく悔しそうな顔をする。

「行くぞ」

そう言って歩き出すと、ラビは「あっ」と先の方にある行列を指さした。

「こーくん、私、あれ買ってきます！」

そして、こちらの返事を待たずして走って行ってしまった。

行列の先に視線をやる。その行列はどうやらジュースバーのもののようだった。

彼女が最後尾に並ぶのと同じタイミングで、俺は近くのベンチに座り、休憩がてら、その様子を観察する。すると案の定、列に並んでいるラビはその影の薄さから、後から来た人間にどんどん順番を抜かされていき、そのたびに最後尾まで戻される、という流れを繰り返し始めていた。無論、彼女を抜かしていく人間に悪意はない。なぜなら彼女が見えていないからだ。

そしてラビもラビで、その性格ゆえか、抜かされてもおどおどするだけで声をかけないため、事態は一向に改善しない。

それから三分ほど、俺は黙ってその様子を眺めていたが、しかしこのままじゃ休憩時間が終わってしまうと思い、ため息まじりに腰を上げると、彼女のもとまで行った。

「……悪い、順番を抜かさないでもらえるか」

見るに見かねて、また抜かされそうになっていたラビの隣に立ち、彼女を抜かそうとした男に言う。突然現れた俺にそんなことを言われ男は混乱した様子だったが、俺がラビに声をかけ、彼女が姿を現すと、男はそそくさと後ろに下がった。

「こ、こーくん、あり、ありがとうございます」

ぺこりと頭を下げるラビ。

「ラビ、抜かされそうになったらちゃんと『並んでます』くらい言え。そうしないと相手もおまえに気づけないだろ」

「は、はぅ……」

こんな調子で、いったいどうやって生活をしているのだろうか。スノーとは違うベクトルで生活能力に支障を来すように思えるが……と考えたところで、彼女が以前、メイドに住む場所を用意してもらった、と言っていたことを思い出し、ふと尋ねた。

「普段はメイドに買い物してもらっているのか」

「は、はい。買い物はいつもメイドのイレアと一緒に行ったり、彼女に買ってきてもらったりしています」

どうやら普段の買い物などは、専属のメイドにしてもらっているようだ。貴族出身だから、当たり前と言えば当たり前だが。

「しかし、こうも一人で買い物が出来ないとなると不便だろ。常にメイドと一緒にいるわけにもいかないだろうし。メイドがいない状況では、今までどうしてきたんだ？」

「えと……一人のときに喉が渇いたりお腹が空いたときは、お店に入ってジュースやお菓子を一つ取ったあと、レジに頂いた商品を記したメモ、それからその分のお金だけ置いて、出てきました」

「レジの店員に声かけすらしないのか」

「だ、だって、声をかけたらとても驚かれますし、レジに人が並んでると、私が買えるのは一時間後とかになってしまったりするし……」

どうも彼女の影の薄さは俺が思っている以上に深刻らしい。気忍花のエージェントたちはスパイという職業柄、人間の気配に敏感となっているため彼女を認識し、普通に接することが出来ているが、普通の一般人にはラビからアクションを仕掛けないとほとんど存在に気づけないようだ。シャドーと言うよりは、もはやゴーストの域に近い。

「あっ、でも日本に来てからは、喉が渇いたりお腹が空いたときは自動販売機で買ってます」

「自販機か」

「はいっ。日本の自動販売機は本当に素晴らしいですっ！　飲み物もいろいろな種類があって選ぶのが楽しいし、食べ物だってお菓子やパンだけじゃなく、カップ麺やトースト、ハンバーガー、あとあと、うどんなんかもその場で作ってくれたりするんですよっ！　私が一人で出来立ての料理を注文出来てるなんてって思うと、感動しちゃいました」

本当に感動しているのか、ラビは日本の自販機についてかなり興奮気味に語ったあと、さらに続けた。

「しかもネットで調べてみたら、飲み物や食べ物だけじゃなく、娯楽品から日用品まで、何でも売ってるみたいなんです。私、びっくりしちゃいました。これは本当にすごいことなんですよ、こーくん！　だってこの私が、日本でだったら一人で生きていけるって思えてしまったんですから。そ、それに……」

そこまで話すと、最後にラビは、切なそうに笑った。

「自動販売機は、私が前に立つと『いらっしゃいませ』って声をかけてくれて、私が商品を買うと、ちゃんと『ありがとうございました』って言ってくれます。そんなこと、初めてでした」

「それは、なんだ……良かったな」

自販機にプログラムされた音声に感謝している彼女の姿を想像し、思わず言葉に詰まった。

しかし、自販機で何でも買えるからと言って、このまま現状を放置していては、いずれ彼女の私生活だけではなく、任務にも支障を来すだろう。現に今回の任務でも少々困っているくらいだ。敵から認識されないだけなら良いが、味方までその姿を見失うのは不便極まりない。

そう思い、俺は、自販機のことを思い浮かべうっとりしている様子のラビに言った。

「ラビ、自販機にばかり甘えず、これからはちゃんと、自分で買い物出来るように訓練しろ」

するとラビは、「は、はぃ……」とうなずくも、困ったように俺を見た。

「でも、どうしたらいいんでしょうか？」

「それは……だな」

自分で言っておきながら、俺はまた言葉に詰(つ)まってしまった。ラビが人々に認識(にんしき)されるには声を出すしかないが、弱気な彼女にはそれが出来ない。それに認識(にんしき)され続けるには声を出しっぱなしにする必要もある。そんなことはおそらく無理だろうし、認識(にんしき)されるが単純にうるさい。

どうしたものか。

「俺から提案しておいて解決策一つ出せず、すまなかった。少し考える時間をくれ」

「い、いえ……私のために、ありがとうございます」

その後、俺はラビと一緒(いっしょ)に並びながら、あれこれと考えを巡(めぐ)らせ、そしてその傍(かたわ)らでラビは無事にジュースを買うことに成功した。

「こーくんのおかげで無事ジュースを買うことが出来ました。ありがとうございます！　それじゃあ、はいこれ、こーくんの分です」

満面の笑(え)みでカップを渡(わた)してくるラビから、俺はそれを受け取る。すると、ラビはカップを手に持つ俺のことを、まるで観察するかのように、注意深くじっと見てきた。

「……なんだ」

「飲んでください」

「あ、あぁ」

言われるがまま、ジュースを飲む。買うところを見ていたから毒は入ってはいないとは思うが……ふむ、味も特別変わった様子はない、普通のパインジュースだ。

「美味しいですか？」

「あぁ」

答えると、ラビは軽く微笑み、自分も飲み始めた。

……なんだ？

「自分で苦労して買ったジュースは、やっぱり美味しいですね」

目を細め、ニコニコと嬉しそうに微笑みながら、まるで猫のように、ちみちみと少しずつ少しずつパインジュースを飲むラビ。そんな彼女を見て、俺はふとあることを思いつき、カップを彼女に預けると席を立った。

「ちょっと待ってろ」

言って、その場を離れる。

それから近くにあった雑貨屋に入り、ある物を買うと、俺は再びラビのもとへ戻った。

「ど、どうしたんですか？」

「ラビ、これ、付けとけ」

買ってきたものをさっそくラビに手渡す。

ラビは紙袋を開け、中に入っていたものを手のひらに乗せて見せた。

「鈴のチョーカー……ですか？」

「それを付けとけば、鈴が鳴って、居場所がわかりやすくなるだろ」

それに声を出さずとも人々に認識されやすくもなる。

「う、うぅ……なんか、こーくんに猫ちゃん扱いされている気がします。でもこのチョーカー、リボン付きでとっても可愛いです。……こーくん、これ、猫ちゃん用じゃないですよね？」

「人用だ。ちゃんと人間の物が売ってる店で買ってきた。見ればわかるだろ、それくらい」

「はぅ～……」

ごちゃごちゃ言いながら、自分の首にチョーカーを付けて見せるラビ。

「ど、どうですか……？　似合い、ますか……？」

少し恥ずかしそうに上目遣いでこちらに目を向けてくる。金色の鈴がついた黒色チョーカーはラビによく似合っていた。彼女が頭や体を動かすたびに〝りんりん〟ときれいな鈴の音色がする。

「……猫だな」

それを見て、俺は無意識のうちに感想を口にしていた。

「や、やっぱり、こーくんの猫にされてる気がします……！　それに私、キャットじゃなくて、ラビットなんですよぅ……？」

「だが、猫にしか見えん」

「うぅ……」

しょんぼりするラビ。けれどもすぐに顔を上げると、

「で、でもっ、プレゼントは嬉しいですっ！」

と喜んだ。しかしまたすぐにしょんぼりしながら、

「で、でもでもでも、やっぱりなんだか複雑ですーっ」

と彼女は忙しなく動いた。そのたびに、りんりん、と鈴が鳴った。

「だがこれで、俺がラビを見失うこともなくなった。ラビも誰かに存在を認識されなくなることも少なくなるはずだ」

「……で、ですね、ここは素直にお礼を言います。ありがとうございます」

「それと、わかってるとは思うが、隠密任務時や戦闘時にはちゃんと外せよ？」

「わ、わかってますよぅ！　なんか本当に、こーくんって少女漫画に出てくるツンデレの男の子みたいですっ！」

「だから、ツンはあるかもしれないが、デレはない」

「うぅ」

情けない声を上げ、ちゅーちゅーとパインジュースを吸うラビ。

そんな彼女を眺めながら、俺も自分のパインジュースを飲み干すと、二人で寺院へと戻った。

寺院での密会が終わり、その後、要人の要望により鎌倉の観光スポットをいくつか訪れたあと、要人は文学館から車で空港へと帰って行き、俺たちの任務は無事完了した。

『皆さん、おつかれさまでした。任務はこれで終了なので、今日はこれにて解散です』

無線にてすずめが任務の終了を告げる。上空に滞空していたハートのドローンが撤収していくのを見送りながら、俺とラビも、耳に取り付けていたイヤホンを外し、その電源を切った。

見れば、広大なバラ園と、その向こうに建てられた洋館が、夕刻の黄昏に照らされていた。

「なんだか、昔を思い出します」

その光景を見て、ラビがどこか懐かしむように、静かにこぼした。

「あんな立派な家に住んでたのか」

「はい。昔は、ですけど……」

ラビが洋館を眺める。俺はそれを、何も言わずに見守った。

少しして、こちらに振り返ったラビが言った。

「こーくん、バラがきれいですね」

「……あぁ」

あだ名呼びに変わっていることに気がつくが、俺は何も言わず、頷いてみせた。

「少し、歩きませんか？」

それから俺たちは、バラ園をゆったりとしたペースで歩き、ラビはそこで、昔のことを話し始めた。

「私、幼い頃、イギリスの『ラビトリクス家』という貴族に、養子として拾われたんです。日本人のこーくんは知らないと思いますが、ラビトリクス家はイギリスでも屈指の名門貴族の一つだったんですよ」

「……ラビトリクス家、か」

「はい。ラビトリクス家は古くから製薬会社を経営していて、とても大金持ちで、広い敷地内にある大きなお屋敷で私は博士と、私と同じように博士に拾われた、魔女の血を引くお姉さま方と暮らしていました」

「博士？」

「私を拾ってくれたラビトリクス家の主人です。製薬会社の社長をしていて、お姉さま方やメイドさんたちからは博士と呼ばれておりました」

ラビは俺の質問に答えると続けた。

「博士はとてもよい人で、捨て子だった私を、貴族が多く通う、伝統のある名門寄宿学校に通わせてくださいました。私はお姉さま方と違って魔女の血を引いていると言っても少しだけだったので、他のお姉さま方が入れる博士の実験室には一度も入れてもらえませんでした。だから、その分たくさん勉学に励み、将来は博士の経営する会社のお手伝いをしようと一生懸命、頑張りました。学校ではお友だちも何人か出来て、それなりに順調だったと思います。……ですが、ある週末、いつものようにお屋敷に帰省すると、中には博士も、お姉さま方も、誰もいませんでした。何もなくなったお屋敷に、ただ一人、私を待っていたのは、私が拾われてきた頃からお世話をしてくれているメイドのイレアだけ。そしてイレアは私に話してくれました。博士の経営する製薬会社が倒産した、と。そして、博士はある日、家を出たきり帰ってこなくなった、連絡もつかなくなった、と……」

　そこまで話すと、ラビは俺を一瞥し、続けた。

「博士は私だけを置いて、他のお姉さま方とどこかへ行ってしまったんです。……また、捨てられてしまったんです、私。でも、博士が憎いとは思いません。ううん、博士は悪くない。だって悪いのは、本当に憎いのは、会社を潰す裏工作をして、博士に私を捨てざるを得ない選択をさせた、そのスパイですから」

「スパイ……」

「はい、スパイです」

　瞬間、闇の底のような虚ろな目をするラビに、俺は背筋に寒気を走らせた。

「そのスパイがいなければ、博士は私を捨てなかった。私の頭が会社をお手伝いできるくらいに良くなって、学校を卒業したら、きっと他のお姉さま方のように私も、博士から愛情を貰えてたはず。……なのに、そのスパイがすべてを台無しにしたんです。博士は私を捨てることにとても悩んだはずです。きっと今でも後悔をして、苦しんでいるに違いありません……だから私は、そのスパイを見つけ出して、殺して、博士を安心させなければいけないんです。そうすればきっと、博士も喜んで、私にいっぱい愛情をくれるはずだから」

ラビはそこまで話すと、それから俺の方に向いて、首を傾げ、最後に尋ねた。

「……こーくんも、そう、思いますよね？」

彼女の瞳が俺を捉える。気を抜いたら、体ごと持っていかれそうな感覚に陥った。

「だと、いい、な……」

何とか踏ん張り、俺はラビの瞳から視線を逸らす。するとそこで、ハッといつもの雰囲気に戻ったラビが、慌てた様子で言った。

「す、すいません。私、暗い話をしてしまいました……痛っ」

そして謝ったかと思えば、小さな悲鳴を上げるラビ。見ると、彼女の指から小さく血が滲み出ていた。

「なにやってんだ」

先ほどの状態が嘘だったかのように、俺は自分の体が軽くなっていることに気づく。

「うぅ、バラの棘に触れちゃったみたいです」

「ハンカチかティッシュ、持ってないのか？」

尋ねると、ラビは申し訳なさそうに言った。

「……すいません、持ってないです」

俺はラビの指をもう一度見た。そんなに酷い出血というわけではないが、そのままにしておくわけにもいかない。

「とりあえず文学館の中に入るか。そこで係の人間に何か拭く物でも借りて――」

「あ、あの、こーくん」

「なんだ」

指から顔を上げ、ラビに目を向ける。

ラビは少し俯きがちになると、こちらに指を差し出して言った。

「あの……で、できればこーくんに、く、口で……拭ってほしいです」

「……また、アニメか？」

尋ねると、無言でうなずくラビ。おそらく、彼女の見た恋愛アニメでそういうシーンがあったのだろう。女の指から血が出て、男がそれを、口で拭うシーンが。

「勘弁してくれ」

無論、俺の答えはそれしかなかった。しかしそこですぐに諦めるかと思いきや、ラビは引くことなく俺に一歩近づき食い下がった。

「……お願いです、こーくん。どうしても、してほしいんです。一度でいいから」

「断ると言ってるだろ」

「うぅ……どうして断るんですか。休憩中ならハニートラップの訓練に付き合ってくれるって言ってたのに。それにもう任務は終わったから、自由時間なのに」

ラビはそう言うと、うっすらと目に涙を滲ませた。

「そ、そうだが……」

たしかに俺は、ハニートラップの訓練に付き合うとあのとき言った。そして今はもう任務も終わり自由だ。残念ながら、ハニートラップの訓練を断る理由が俺にはない。それに、ラビが真面目にハニートラップについて勉強し、習得しようとしている以上、彼女たちの教官として務めることを承諾した俺にはそれに付き合う義務がある……。

「……ったく」

はっきり言って、俺だったら女の指に滲んだ血を口で拭うなどキザなことはしない。しかしそれはあくまで俺という人間の場合に限る。訓練で彼女たちがハニートラップを仕掛ける相手は俺であるが、実戦では俺ではない。そのため俺は、俺ではない誰かを想定して訓練に挑まなければならない。

「仕方がないな」

そう言うと、俺はしゃがんで、彼女の手を取り、その指の血をそっと口で拭った。彼女を受け入れようとはっきり思ったからなのか、不思議なことに、俺の体は重くはならなかった。

「んっ……」

ラビが微かに声を漏らす。指から口を離すと、ラビは嬉しそうに俺を見つめた。

「こーくん、ありがとうございます」

「……あぁ」

俺はそう返事をして立ち上がり、ラビを見た。

「他に、試してみたいものはあるか？」

そして尋ねると、しかしラビは首を横に振った。

「いいえ、もうこれで、充分です」

「……いいのか？　まだ付き合うぞ」

本当に良いのか訊くも、ラビは「もう充分です」と言って、微笑んだ。

なんだか拍子抜けする。が、彼女が良いなら、ここで切り上げることにしよう。

「それより訓練に付き合ってくれたお礼に、こーくんのこと、おうちまで送らせてください」

「いや――」

と、反射的に断ろうとする口を閉ざし、俺はうなずいた。どうせだ、最後まで付き合うことにする。

「……わかった。それじゃあ、帰るか」

「はいっ！」

そして俺は、彼女と二人で、自分の家に向かった。

「こーくん、今日はありがとうございました。とても楽しかったです♪」

家の前に着くと、彼女はぺこりと頭を下げた。

「あぁ。それより、俺がラビを家まで送らなくて、いいのか」

「はい、私がこーくんをおうちまで送りたいだけでしたので、これでいいんです」

「そうか。わかった」

「はい、それじゃあ、こーくんがちゃんとおうちに入るのを確認したら、私も帰ります」

にこやかな表情で見送るラビに、俺はうなずく。彼女に背を向け、門扉を開ける。

それから俺は、家の敷地に入り、そして――。

「なん……だ……っ……」

そして俺は、自分の家の敷地に入った瞬間、気を失った。


「……おはようございます、こーくん」

夢の中で鈴の音が聞こえ、目を覚ますと、目の前にはラビの顔があった。

「気分はどうですか？　痛いところはありませんか？」

そう尋ねてくるラビに、俺は何がどうなったのかを確認するため、体を動かそうとする。しかしどういうわけか、俺は体どころか頭すら動かすことが出来ない。それだけでなく、目を覚ましてからずっと、俺はラビに見つめられており、彼女の瞳から視線を動かせずにいた。

「びっくりしましたか？　これが、こーくんが信じていなかった魔術の力ですよ。こーくんはもう、私のお人形さんなのです」

まるで映画のスクリーン越しに、自身の視界を見ているような感覚に陥る。魔術なんて信じられなかったが、かと言って、この状況も説明がつかない。

いったい、どうなってる……？

「何か言いたそうですね。では、特別にしゃべれるようにしてあげます」

そう言うと、ラビは俺の唇、そして喉を指でなぞった。

「かはっ……」

息を吹き返したような吐息が口から漏れた。しかし相変わらず、視線はラビから動かせない。

「ラビ、何をした」

「魔術です」

「……そんなもの、あってたまるか」

「こんな状況になってもまだ信じていないんですね。でももう、こーくんは何もできませんよ。私があなたに、『こーくん』という名前を付け、食物を与え、そしてあなたは、私の血を体に取り込んだんですから」

「……どういうことだ」

低く唸るような俺の声に微笑むと、ラビは魔術について、一つずつ説明を始めた。

この魔術は、魔法陣を張った特定の場所限定だが、対象の人物、あるいは動物なりの行動をすべて掌握出来るものだという。これを完成させるには、その対象に名前（対象が自分の呼び名であると認識する必要がある）、食べ物（飲み物でも可）、掌握者側の血を与えなければならなく、簡単に行えるものではないが、ラビは今日、そのすべてを俺に施した。

あだ名を付け、ジュースを飲ませ、そして、自分の血を吸って拭わせた。

「文学館のバラ園で、こーくんが私の血を口に含んだ瞬間、契約は完了しました。そして最後に、魔法陣を張っておいたこの家の敷地にこーくんが入って、魔術は完成です」

「魔法陣……」

そこで俺は数日前、何かを燃やしたような跡が家を囲むようにして規則的に付いていたことを思い出した。あれが、魔法陣の痕跡だったと言うのか。

ラビが最初に俺とスノーの後を尾けていたのも、これで納得がいった。どうやら俺は、彼女の策略にまんまとはめられたらしい。文学館で、ラビがめずらしく俺に食い下がったのもすべて、自分の血を吸わせ、魔術を発動させるための口車だったようだ。

「どうですか、これが私のハニートラップです」

「ハニートラップなのかは甚だ疑問だが、しかしトラップは見事に成功しているようだな

「……」

魔術なんてものを信じようとしなかったのが俺の敗因だった。そして俺の性格を逆手に取り、魔術を完成させたラビが、今回は一枚上手だった。

そんな俺を見て、ラビが微笑み、鈴が鳴る。

「……わかった。魔術があることは信じた。ラビ、解放してくれ」

潔く負けを認める。しかしラビは不思議そうに首を傾げた。

「どうしてですか？　嫌ですよ。するわけないじゃないですか。……せっかく、こんなチャンスを摑んだのに」

実戦なら、あとは情報を聞き出したり目標を始末するだけの段階であり、ラビの勝ちだ。

訓練でこれ以上続ける必要はない。

「ふざけてないで、早く魔術を解け」

「こーくん、そんな口利いていいんですか？　主導権はこちらにあるんですよ。こーくんのこと、どうにでもできちゃうんですから。それこそ……殺すことだって」

最後のセリフを、ゆっくりと嚙みしめるかのように言う。ラビの瞳が、バラ園で見たような仄暗い色に染まる。

「……何を言っている、ラビ」

「ふふっ、こーくん、こーくんこーくんこーくんこーくんこーくん……こーくん」

「おい――」

「今度はラビが、こーくんのすべてを奪ってあげる――」

仄暗い瞳のまま、ラビがうっとりと俺を見つめた。そして俺の首に向かって腕を伸ばしてきた、しかしその刹那――。彼女と俺の視線の間に、ツツーと、黒い何かが降りてくる。

瞬間、ラビの視線が俺からその物体へと移ったかと思うと、一瞬の後、ラビは「ひぅ！」と短い悲鳴を上げ、ぴょんっと兎のように後ろに跳ねた。

途端、体が少しばかり軽くなるのを感じ、魔術の拘束が弱まったのがわかる。見ればラビは目の前でクモに怯え、腰を抜かしていた。どうやら彼女の意識が俺からクモに向かったおかげで、魔術の拘束力が一時的に弱まっているようだ。ならば今がチャンス。

俺はすぐに踵を返し玄関から外へ出ると、倉庫からスコップを持ち出し、痕跡のあった箇所を手あたり次第掘り返して魔法陣を崩した。瞬間、体が完全に軽くなる。おそらくこれで紋様が裂かれ、魔法陣の効力は切れた。ラビに主導権を握られることもなくなったはずだ。

それから俺が家の中に戻ると、ラビはクモによって、ついに壁際まで追い込まれていた。

「魔女の血を引いているというのに、クモが苦手なのか」

「まま、魔女が全員、クモや虫が平気だと思わないでくださいっ！　私みたいに苦手な魔女もいるんですっ。それに私は生きてる虫が苦手なだけで、干物になっちゃえば平気なんですっ」

「なぜだ」

「動くからっ！」

ラビが訴えるように叫んだ。よく見ると、彼女は涙目になっている。

「ところでラビ、今、俺とおまえの立場は逆転している。これが実戦だった場合、ラビは非常に危険な状態に立たされているわけだが、この後はどうするつもりだ？」

クモに追い詰められ、実戦さながらに怯えている彼女に尋ねてみると、

「い、潔く、死にますっ」

と、ラビは目を瞑り、そんなことを口にした。

完全にいつもの弱気なラビに戻ってしまったようで、俺は彼女の前にしゃがんで言う。

「ラビ、最後まで諦めるな」

「あ、諦めます。だって私には魔術しかありません。こうして魔術を破られ不利な状況に陥ってしまったら、戦闘を得意としない私は死ぬしかないんです」

たしかに、戦闘要員の俺やレジーナなら、こういった状況に陥っても、いくらでも打開策は浮かぶ。しかしラビは隠密諜報要員だ。戦闘には非力。

「それでも、だ」

俺はラビに言って、彼女に迫っていくクモを手でやさしく摑むと、そいつを外に放り出した。

「それでも、俺たちが助けに行くまで諦めるな」

ラビが少しばかり驚いた目をこちらに向ける。それから黙りこくったあと、口を開いた。

「……虎太郎さんは、私が失敗しても、それでも助けるんですか？」

「なぜそんなことを訊く。見捨てろとでも言うつもりか？」

尋ねるも、ラビはそこでまた、黙ってしまった。

そんなラビに、俺ははっきりと言った。

「それでも助けに行く、当たり前だ」

「……そう、ですか」

「ああ」

まるで自分など助けてもらう価値などない、と言いたげな雰囲気でうなだれるラビに、俺は続けた。

「だが、それはあくまで最終手段だ。まずは追い詰められた際、自力で脱出する術を覚え……いや、その前にクモを克服する訓練から始めるべきか」

「クモは無理ですよぅ」

そう言って顔を上げるラビの前に俺はしゃがむと、手のひらを広げ、先ほど放り出したフリをしたクモを彼女に見せた。

「ひやっ！」

瞬間、落ち込んでいたラビの顔が恐怖に染まる。

「こんなに小さいのに、どうしてそんなに怯える」

「きょ、恐怖に大きさなんて関係ありません。無理なものは無理なんですっ！　クモは絶対に克服できません〜っ！」

ラビにとってのクモは、俺にとっての女のようなものなのだろうか……いや、さすがに俺でもこんな怯え方はしないが。

それから俺は、今度こそ本当にクモを外に放り出したあと、ラビに魔法陣の後片付けをさせ、その後、彼女に自分の血を飲ませると（飲ませることで対等という立場になり契約が無効になるらしい）、さっさと家から追い出した。これで、ラビの魔術は俺にはもう効かない。

それにしても、相手の家、あるいは特定の場所に誘い込み、相手のすべてを掌握出来るあの魔術は状況次第ではなかなか使えそうだと感心した。発動までにいろいろと手順を踏まなければならないが、そこをうまくハニートラップで誘導していけば成功率は上がるだろう。魔術が発動すれば先ほどの俺のように相手は成す術をなくす。

「……魔術か」

その後しばらく、俺がすっかりラビの能力を駆使した作戦内容を考えるのに夢中になっていると、そこでおもむろに、隣室へと繋がる襖が開いた。

「虎太、スー、おなかすいた」

見ればそこには、どう見ても寝起きにしか見えないスノーが立っていた。

「……おまえ、いたのか」

聞けば――俺はてっきりラビに睡眠薬でも盛られたのかと思ったが、そんなことはなく――任務から直帰したあと、普通にすやすや眠っていたらしい。

4

灯籠院の拝観期間が始まる六月の朝――。

俺はスノーの朝食を用意したあと少し早く家を出て、近くの花屋で紫陽花を七本買い、灯籠院へ向かった。

蔵から園芸用具を取り出し、前回植えた紫陽花の隣に新しい紫陽花を植え始める。今日の分を含めれば、全部で十一本植え終えたことになる。残りはあと八本だった。

……いくらなんでも、死にすぎだ。

「今日も土いじりしてるのね」

それから、ちょうど六本目の紫陽花を植えている頃、後ろからレジーナに声をかけられた。

「何か用か」

「別に用なんてないわよ。それよりほら虎太郎、今日のためにすずめに巫女服着付けしてもらったのよ」

背後でひらひらと舞う気配をさせているレジーナに、俺は振り返らずに答える。

「ちょっと、せっかく私が巫女服姿になってるんだから振り返って見るくらいしたらどうなのよ」

「そうか」

「灯籠院の巫女服だろ。見なくてもわかる。すずめが毎日着てるからな」

「私が着てる姿は見たことないでしょ」

「……褒めてほしいのか？」

そう言って、俺は振り返った。すると、巫女服を身にまとったレジーナは俺の顔を見るなり一瞬、顔を朱くし、それから視線を逸らすと言った。

「そ、そういうわけじゃないけど……変じゃないか確認させてあげようと思っただけよ」

確認か……まぁ、それも大事なことだ。

レジーナの要望通り、俺は上から下まで、彼女の巫女服姿に異常がないか確認していく。

「どこも異常はない、安心しろ」

簡潔に伝え、紫陽花に戻る。

「もう、それだけ……？」

つまんなそうに一つため息をついたレジーナは、そのまましばらく俺を見据えたかと思うと、黙って去って行った。

しかしそれから数分後、すぐにまた戻って来ると、今度は俺の隣に腰を下ろし、何をするかと思いきや、おもむろに土を掘り始めた。見れば彼女の手にはスコップが握られていた。

「……聞いたわよ。殉職した仲間のために、この紫陽花、植えてるんでしょ」

「……すずめか。余計なことを」

「しかも、元々は他のエージェントがやってたことなんだって？」

「無論だ。俺がわざわざ好き好んで紫陽花を植えるような人間に見えるか？」

「でも植えてるじゃない」

「それは役目を遂行する人間がいなくなった、だから引き継いでやっているまでだ」

「じゃあ、残りは私が植えといてあげるから、虎太郎はもう植えなくていいわよ。ほら、さっさとどっかに行った行った」

レジーナが、しっしと、俺を追い払う仕草を見せる。無論、俺は構わず作業を続けた。

「ほら、口では仕方なくって雰囲気出しといて、結局は自分から仲間のために植えてるんじゃない」

レジーナがジトっとした目つきをこちらに向け、呆れたようにため息をつくと、それから儚げな目で紫陽花を見た。

「これが殉職した仲間に対する、気忍花流の伝統的な弔い方なのね」

「……誰が最初に始めたのか、灯籠院の紫陽花には亡きエージェントたちの魂が眠っている。何も知らない者の目にはただ美しく見え、それを知っている者の目には儚く映る。それが、灯籠院の紫陽花だ」

「……そう聞くと、なんだかちょっと怖いわね」

辺りを見回し、身震いしたあと、レジーナは再び手を動かした。

「私、虎太郎のこと冷酷な人間だと思ってるし、今でも不愛想な奴って思ってる。でも……本当に、本当に癪だけど……こうやって何も言わず、仲間のために一人で紫陽花を植える虎太郎のことは、ちょっとだけ、本当にちょっとだけよ!? ……尊敬する」

「………」

「褒めてるんだから何とか言いなさいよ」

「……レジーナ、掘る場所、あと三十センチ左だ」

「は、はぁ!? 褒められて言うことがそれ!? いや、じゃなくって、そういうことはもっと早く言いなさいよ! もうかなり掘っちゃったじゃない!」

「見ればわかるだろ、少し間隔を広めに取って植えていることくらい。紫陽花はでかくなるんだ」

「知らないわよ、そんなこと。はぁーあ、もう、せっかく巫女服のまま手伝ってるのにこんな仕打ちされて。手伝うんじゃなかった、バカ虎太郎」

文句を言いつつも、レジーナは掘った穴を律儀に埋める。そして言われた通り三十センチ左に移動すると、再び穴を掘り始めた。

俺はそんなレジーナの掘った穴に肥料を混ぜ、紫陽花の苗木を植える。すっぽりと穴に収まった苗木にレジーナが土を被せ、無事、今日の植え付けは終わった。

「へえ、けっこう達成感あるのね、土いじりって」

「そうだな」

それから俺とレジーナはしばらくの間、紫陽花を黙って見つめた。

「じゃ、私は灯寿庵の用事があるからもう行くわよ。スコップ、片付けときなさいよね」

そこで、レジーナがスコップをこちらに寄こすと立ち上がり、灯寿庵へと歩き出す。

「レジーナ」

俺はそんな彼女の後姿に一言、言った。

「助かった」

彼女がぴくりと、一瞬だけ足を止める。

「……ちゃんと言えるじゃない。……バカ虎太郎」

小さくつぶやき、手をひらひらさせ、レジーナが去って行く。

俺はそれを見送り、園芸用具を蔵にしまったあと、自分も灯籠院仕様の着物に着替えるため、更衣室に向かう。

それから午前中は住職の手伝いをし、そして昼になるまで、受付と灯寿庵を見て回った。

受付では今日の担当であるラビが鈴を、りんりん、と鳴らしながら、どこか嬉しそうに参拝客の相手をしており、一人でそつなく仕事をこなしているようだった。

一方、灯寿庵はというと、一人忙しなく注文を取るレジーナと、その頭上を飛び交う注文品を運ぶドローン、そしてそのドローン見物目当ての客たちで騒がしく、ずいぶんと繁盛しているようだった。見ればスノーは軒先に突っ立ったまま、若い女性たちから頭を撫でられたり、抱きしめられたり、頬をむにむにされたりと、マスコットのような扱いを受けている。

その様子を眺めているとレジーナに見つかり、結局俺は午前の営業が終わるまで、厨房ですずめの手伝いをすることとなった。

「虎太郎さん、いろいろと手伝っていただき、ありがとうございました。助かりました」

午前の営業が終わり、近くのスーパーへと食料品を補充しに行く道すがら、隣を歩くすずめがにっこりと微笑む。しかしその微笑みからは少しだけ疲れが見て取れた。

実際に彼女を手伝った俺も、その忙しさを身をもって味わうこととなったのでわかる。

まさかエージェントが少ないという弊害が、こんなところにまで及ぶとは考えもしなかった。

「あまり無理するな」

そんなすずめにそう返すと、そこで突然すずめが立ち止まる。かと思えば、口を両手で押さえ大げさな態度で言った。

「虎太郎さんから、や、優しいお言葉が……。も、もう一度、もう一度お願いします！」

「……もう言わん」

「あーん、いじわる〜」

呆れ果てて口を閉じる。それから再び歩き始めたすずめが改まったように言った。

「でも本当に、虎太郎さんが来てくれて助かりました。まさかあんなに繁盛するなんて私も少し想定外だったので、想像以上にピンチでした」

「……あんまり目立たないほうがいいんだがな」

表の姿は寺とは言え、一応はスパイ組織の拠点。果たして商売繁盛が正しいのか否か。

「えへへ。だけど、冷静に考えてみると納得ですよね」

「まぁ、ドローンはめずらしいからな。物珍しさに、見に来る客も増える」

「もちろんそれもあるとは思いますが、やっぱり今回は皆さんの可愛さが要因だと私は思います。そりゃあ、お客さんも殺到しますよ。ハートさん、レジーナさん、スノーさん、それから受付のラビさんも、みーんな美少女、みーんな看板娘ですから！」

「……まさかエージェントが全員女なのは、受付や店番を見越してのことか？」

「もっちろん、みなさんほんとに可愛いでしょ？　頑張って集めたんですからね、私」

「この選出は、すずめが噛んでいたのか……私情を挟みやがって」

不満そうに口に出すと、すずめはにっこりと笑った。

それにしても、こいつは本当になんでも出来るな、と改めて思う。正直なところ、すずめがいなかったら気忍花は本当になくなっていただろう。

「虎太郎さん」

そんなことを考えていると、すずめがこちらに期待の目をキラキラと輝かせていた。言わずとも、彼女が褒めてほしいと訴えていることがわかる。

……まぁ、すずめも気忍花のために頑張っている。そのことに俺も感謝はしている。

今回くらいは、素直に褒めてやっても良いか。

「……す、すずめはよく頑張っている。偉いぞ、すずめ」

鳥肌を立てながら言葉を絞り出す。しかしすずめは不満そうに口を尖らせた。

「もう、虎太郎さんはほんとに乙女心ってものがわかってませんね。ここは『すずめも看板娘だ』って言うところですよ？」

「……そ、そうか。……それは……良かった……な……」

「あっ、あっ、嘘です、嘘です！　嬉しいです、虎太郎さん、あ、ありがとうございます～！」

ふっと雰囲気を変えた俺に、すずめは慌てたように取り繕う。おそらく彼女は俺が怒ったと思い慌てふためいているのだろうが、しかしそれは違った。

俺は怒っているのではなく、単純に、見当違いのことを言って恥ずかしかっただけだった。

無論、そんなこと決して口に出すことは出来ないが。

それから、勘違いしたままのすずめが、この話を終わらせるため、すぐさま話題を変える。

「と、ところで虎太郎さん、ハニートラップの訓練のほうは順調ですか？」

「あ、あぁ」

「む……？　何ですかその曖昧な反応は」

俺が少々言葉に詰まった様子を見て、すずめが難しい顔を浮かべた。

「まさか、ハニートラップの訓練、してないなんて言わないですよね？」

「いや、ちゃんとしてるぞ」

今のところ、訓練とはっきりしているのはラビとだけだが。

「そ、そうですか。それなら良いですけど」

答えると、どこか安心したように胸をなでおろすすずめ。

しかしその後、今度は怪訝そうな表情で俺の顔を見ると、ふと口を開いた。

「虎太郎さん、何かありました？」

すずめにそんなことを尋ねられ、不意に、レジーナとラビの顔が頭に浮かんだ。

「……ない」

「な、なんですか、今の意味深な間は！　もしかして本当に何かあったんですか!?　たしかに考えてみれば、レジーナさんが溺れたと聞いて駆けつけたら一人砂浜に座っていて様子が少し変でしたし、ラビさんも最近、なんだか影が濃くなった気がしますし、思い当たる節があるっちゃありますが！」

「……………」

「な、何とか言ってください虎太郎さん。やっぱり、何かあったんですね！」

途端、すずめが急に騒がしくなる。

「へ、へー！　虎太郎さん、ふーん、そうですか、なんというか、結構やるんですねー！」

俺が黙っていると、今度は拗ねたように口を尖らせ、すずめが細めた目をこちらに向けてくる。

「ま、まぁ、虎太郎さんも男性ですし、そういうことの一つや二つ、あっても何ら不思議ではないですよね。意外、なだけで。それにエージェントの皆さんと仲良くなるのは素晴らしいことだと思いますし、ハニートラップの訓練が順調ならそれは喜ばしいことです」

しかしそこでふと黙ったかと思うと、呼吸を整え、今度はどこか深刻そうに続けた。

「……けど、虎太郎さん。ノーフェイスのことは、忘れないでおいてくださいね」

すずめを見る。彼女は心配そうな表情で笑みを浮かべながら俺のことを見ていた。

そんな彼女に、俺は一言「あぁ」と返事をした。

ちなみに、B9から戻って来た住職に俺が、ハートとスノーのポケットに手紙を潜ませたかどうか尋ねると、住職はあっさりとそれを否定した。そしてその手紙を見て、それが印刷された文字で綴られていることを指摘し、無実を証明した。なぜなら住職は古い人間のため、機械にはめっぽう弱い。印刷はおろか、文字を打つことさえままならないだろう。そのことを俺はすっかり見落としていた。

……となると、残された選択肢は、ノーフェイス、ただ一人となってしまう。

俺は心配そうな眼差しを向けてくるすずめに「心配するな」と言って、歩き続けた。

＊

「いらっしゃい、虎太郎くん」

小町通から道一本外れた場所にあるミルクホールに入ると、マスターが声をかけてきた。

開店前の薄暗い店内は、最小限の電灯のぼんやりとした明るさに照らされており、俺は椅子の上げられたテーブルの間を抜け、カウンター席に腰を下ろすと、アイスコーヒーを注文した。

「はい、アイスコーヒー、おまちどう」

コースターが敷かれ、グラスに入ったアイスコーヒーが置かれる。ミルクは俺の好みに合わせ、あらかじめマスターが入れてくれているため、自分の手で何も加える必要はない。

俺はしばらく、目の前に置かれたコーヒーを眺めたあと、口を付けた。昔から飲んできた、変わらない、いつもと同じ味が口の中に広がる。

そしてそれと同時に、このコーヒーと共に見てきた、様々な記憶も脳裏に蘇った。

「やっと、飲めましたね、虎太郎くん」

マスターが温かい声色で微笑んだ。

「これは、何杯目だ？」

「十五、ですね」

俺が尋ねると、マスターは即座に答える。

やはり数えていたようだ。先の作戦の後、俺がこの店に来てから注文したアイスコーヒーの数を……。そして俺は、それまでの十四杯を、一口も飲むことが出来ず破棄してしまった。

「せっかく淹れてもらったのに、すまなかった」

「良いんですよ、この前がダメでも、今日飲めた。それで、はなまるじゃあないですか」

マスターの安心したような、嬉しそうな声を聞きながら、コーヒーを二口、三口と口に含む。

そのたび、一つ、二つと、その飲み慣れた味と共に記憶が浮かんでくる。

この席に座る俺の周りに、うるさい仲間たちがいた頃の記憶が……。

「虎太郎くんも、もうすぐ二十歳ですね。そうなったら、お酒が飲めますね」

そして、蘇る記憶に引きずり込まれそうになり始めたとき、マスターが口を開いた。

「……あぁ」

「実は虎太郎くんが二十歳になったら、サプライズパーティーを開こうってみんなで話してたんです。堅物の虎太郎くんにアルコールが入ったらどうなるんだろうって盛り上がりましたね」

「……そうか」

マスターの話に相槌を打つ。この人も俺と同じくらい、気忍花のエージェントたちと共に時間を過ごしてきたというのに、悲しみを見せることなく、楽しげに話す。

「マスターは、悲しくないのか」

彼の話を途中で遮り、俺はふと、そんなことを訊いていた。

マスターはピタッと話を止めると、こちらの質問の意図をすぐに理解して、一呼吸置いてから、そっと口を開いた。

「悲しいですよ、もちろん」

「どうやって、心の整理をしているんだ」

「……ぼくは、友人や大切な人がいつ自分の目の前からいなくなっても後悔しないよう、そのときそのときを目一杯楽しむようにしています。そしてたくさん思い出を作る。そうすれば、悲しくなっても、そのたくさんの楽しかった思い出が心を癒してくれますからね」

店内を見渡しながら、マスターは続けた。

「そこのテーブルの傷も、壁のへこみも、その一つ一つがぼくを支えてくれます。と言いましても、まぁ、付けられた当初は本当にへこみましたけどね。ですが不思議なもので、時が経つにつれて、今ではそれが、かけがえのない、大切な物の一つになってしまいました」

そう言って、マスターは笑った。

「彼らはいなくなりました。ですが、彼らとの時間は永遠です」

「マスターは強いな……」

「でも、虎太郎くん。ぼくは、虎太郎くんのやり方も、間違ってないと思いますよ」

俺のやり方か……と考えたあと、思わずマスターの顔を見る。

マスターは俺の驚いた顔を見て嬉しそうに笑った。

「はっはっは。ぼくは虎太郎くんのこと、こんな小さい頃から見てきているんですよ？　気づかないはずないじゃないですか。昔の虎太郎くんは、今の虎太郎くんとは比べられないほど、情熱的でしたね」

マスターのその、息子を見守るような眼差しに、途端、少々の居心地が悪くなる。

「その言い方はやめてくれ」

「ははは、そうですね。虎太郎くんも、もう立派な大人ですからね。これは失礼しました」

マスターがにこやかに謝り、俺は疲れたように、小さくため息をついた。

しかし彼の言う通り、昔の俺は、仲間たちとの友情を第一に考えるような、今では考えられないほど青臭い……マスターの言葉を借りるなら、情熱的な人間だった。だがスパイとして鍛えられ、実戦を繰り返し、そして、人の死に触れていくうち、俺の心は変わっていった。

最初は友人たちだった。次は、俺の相談を親身になって聴き、俺に温情を見せたことで殺されてしまった、あの女性エージェント。それから、共に厳しい訓練を乗り越えた親友……。

良いところ、悪いところ、変な癖や笑い方、好きなもの、好きな音楽、自分にだけ見せた涙、その顔、悩みを打ち明けた夜、それから、温もり……相手のことをあまりにも深く知りすぎてしまっていたから、その相手を失ったとき、そのすべてが俺の上にのしかかってきた。

その死に触れるたび、心が張り裂けるほどの悲しみを覚え、泣き叫び、心が焼かれてゆく。

それでも俺は、気丈に振舞おうと努めた。殉職した仲間のためにも、折れるわけにはいかない、と。心から血を流しながら耐え続けた。

しかし、そんな俺にトドメを刺したのが、俺の憧れであり、すずめの兄でもあった伝説のエージェント──『八角鷹』の死だった。八角鷹は今の俺と同じ十九で、すでに気忍花を代表するエージェントとなっており、どんな任務でも容易くこなす凄腕のスパイだった。

俺は心のどこかで思っていた。この人だけは絶対に死なない。どんな苦境に立たされようとも必ずこの地に……気忍花に還って来る、と。そう、信じ切っていた。

しかし、彼は死んだ。涙は出なかった。

ただ絶望だけがそこにはあった。そして、気づいた。

「……これじゃあ、心がいくつあっても足りない」

「それで、仲間たちと深く関わることを……友人になることをやめた」

「仲良くならなければ……相手のことを深く知らなければ、こんなに悲しむこともない。スパイである以上、どうせいつか失う仲間だ。ならば、極力他人でいよう。そのほうが無駄なダメージも受けずに済む。──そう、思った」

俺はたぶん、誰よりも心が弱かった。だからもう、それ以上、仲間の死を真正面から受け入れる自信がなかった。

そして、心を保護するための予防線を張り、仲間から目を逸らした。

「……だがそれでも、仲間の死は辛い。悲しいものは、悲しいみたいだ」

一月ほど前、俺は多くの仲間を失った。目を逸らし、最低限の付き合いに留めた仲間だった。

そのはずなのに、心はまた、血を流した。

「そうですね。虎太郎くんは、殺戮兵器じゃない。しっかりと感情を持った、人間です」

マスターは優しい声色で言った。きっとマスターは、他のエージェントたちの話も、こんなふうに親身になって聞いていたのだろう。誰よりも気忍花のエージェントたちと深く関わり、そして、そんな彼らをいっぺんに失った。それでも、彼らとの思い出を口にする。死を受け入れ、その上で、彼らに触れようとする。

「俺は、マスターみたいにはなれそうにないな」

「それぞれの接し方で良いんですよ」

そう言って、マスターは微笑んだ。

「ところで虎太郎くん、一つお聞きしたいことがあるのですが、良いですか」

するとマスターはめずらしく、どこか言いづらそうな表情を浮かべた。

「こんな話の流れでなんですが……いや、こんな話の流れだからこそ、なんですが……」

そんなマスターに俺がうなずくと、マスターもうなずき、話し始めた。

「はい、今回の気忍花とギフトの戦争についてなんですけどね……今回のこの戦争は、ノーフエイスが起こしたとぼくは聞きました。ノーフェイスの噂は以前から耳にしたことはありますが、ノーフェイスというスパイは、果たしてそんなに手強い相手なのでしょうか？」

マスターを見る。すると彼は、俺の返事を待たず続けた。

「ぼくは気忍花のみんなのことを知ってます。人間性も、彼らの実力も。だからこそ、それを知るぼくとしてはどうも納得できないんです。彼らがノーフェイスに勝てなかったということが……」

マスターが口にしたその疑問に、俺は少しだけ驚いた。同時に、彼は本当に、気忍花のエージェントたちを見ていたのだなと改めて感じた。

「いきなりこんなことを訊いて申し訳ありません。ただ、こんなタイミングでしか聞けないと思いまして」

「いや、良い。それに、マスターのその疑問は正しい」

俺はコーヒーを一口飲むと続けた。

「今回の気忍花とギフトの戦争は、表向きではノーフェイスによって起こされたとされている。それは正しい。実際にノーフェイスが扇動したのは事実だ。しかし気忍花もギフトも、俺たちは皆、これがノーフェイスの扇動だと気づいていた。そしてノーフェイスをあぶり出すため、双方ともわざと扇動させられた風を装い、同じ場所に集まり、そこで、ノーフェイスの噂が立ち始めた当初、お互いに取り決めていた、ノーフェイスが知らない暗号を伝え合う予定だった」

「暗号を言えなかったエージェントが、ノーフェイス……ということですね」

「そう」

そして、気忍花のエージェントたちはギフトのエージェントたちが集っている場所へと向かった。本来ならばそこが戦場になることはなかった。そこで取り決め通り動き、ノーフェイスはあぶり出される。そのはずだった。

しかし、イレギュラーが一つ、発生した。

「俺たちが目的地に着いたとき、ちょうど、ギフトのエージェントの首が刎ねられる光景が目に飛び込んできた」

「……正体がバレたことに気づいたノーフェイスの仕業でしょうか？」

「いや、違う。あれは……あれは――」

黒い炎のようなものを身に纏った人間、いや、それが、そこにはいた。

そして、それを見た誰かが口を開いた。

『……修羅憑き』と。

その背後には、ギフトのエージェントたちの死体の山が積み重なっていた。

そのとき、骨の髄から震わせるような、底知れぬ恐怖を感じた。

真っ赤に染まった眼光。裂けたように大きく開いた口。よく見れば、その身に纏う黒い炎のようなものがどろりと垂れ落ちては地面を暗黒に染めており、それが炎でないことがわかった。人の形をしているのだが、脳が人と認識できない。この世のものではない異物感に、全身がそれを拒絶しようとしていた。

修羅憑き——その存在は知っていたが、今まで一度たりとも目にしたことはなかった。

そう、ほとんど伝説のような存在……話でしか聞いたことがなかった存在の修羅憑きが、そこにいたのだ。

「俺たちがその姿を認識した瞬間、誰かの首が飛んだ。そのとき本能で悟った。こいつからは逃げられない……俺たちは、この悪魔と、戦わなければならない」

「……どう、なったのですか」

グラスを磨く手を止め、その場で固まったまま冷や汗を垂らすマスターに、俺は話した。

彼らが最後まで粘り続けたこと。仲間を見捨てなかったこと。しかしこのままでは全員死に、修羅憑きを止めることが出来ないとわかってしまったこと。そして、その選択に至ってしまった結末を……。

「そこにはもう、それ以外の猶予は残されていなかった」

生き残っていたエージェントが自らを犠牲に囮となり、最後の望みを俺に託した。

もはや選択肢などなかった。一瞬でも迷えば殺される。

「そして俺は、彼女の首が刎ねられるのと同時に、背後から修羅憑きの首を斬り落とした」

頭を失った修羅憑きは、その場で膝から崩れ落ち、その図体を沈黙させた後、溶けるように朽ち果てた。

すべてが終わり、その場に最後まで立っていたのは、俺だけだった。

「あれは戦場ではない、地獄だ……地獄で俺たちは、悪魔を相手に戦った」

これが、気忍花とギフトによる裏戦争の真実だ。そしてこのことはB9内ではトップシークレットとなり、深淵へと封じられた。幸い、この真実を知る者は戦場での唯一の生き残りの俺だけだったため、公になることはなかった。

それともう一つ、あの場の死体を事細かに調べてわかったことがあった。

それは、そこにノーフェイスがいなかったということ……。

つまり俺たちはノーフェイスを見失い、修羅憑きに壊滅させられた。

「そんなことがあったのですね」

手に持ちっぱなしだったグラスをマスターが置き、そっと口を開いた。

「『怨嗟募れば修羅が憑き、人でなくなり人を斬る』……修羅憑きとは、人を殺め過ぎた人間が殺されたとき陥る現象だと聞いております。黒い炎のようなものを身に纏い蘇る、修羅に憑かれた怨嗟の化身だと……」

古くは戦国時代から始まり、そして世界大戦時にもその姿は目撃され、血の匂いのする場所に現れる存在だと言われていた。無論、暗殺を常とし、多くの血が流されているこのスパイ業界とて例外ではなく、修羅憑きの話はたびたび語られていた。

「しかし本来ならば、修羅憑きは己を殺した人物を殺して浄化されるものと言われております。ゆえに、その姿はごく短いものとされ、あまり人目には触れられない存在のはず……血の気配を嗅ぎつけたと仮定しても、なぜ修羅憑きがそこにいたのでしょうか。そして虎太郎くん以外の人物を殺したにもかかわらず、浄化されなかった」

そこまで口にして、マスターはふと気づいた様子で、こちらを見た。

そんなマスターに、俺は頷く。

「……俺も、それは考えた」

そう、修羅憑きの狙っていた相手が、実は俺だった――という可能性。

「だがそれだと、不自然な動きが少々多すぎる。仮に修羅憑きの狙いが俺であるならば、こちらが油断している初動で俺の首を刎ねようとするはずだ。しかし実際に刎ねられたのは俺ではなかった。そしてその後も、俺を集中的に攻撃してくると言うよりは、その場の全員を満遍なく殺そうとする動きを見せ、実際そのおかげで、修羅憑きの意識が他のエージェントに向かっている隙を突き、俺は奴の首を斬り落とすことが出来た。俺を狙っているのならば、そんな油断はまずしないだろう」

他にも、俺が狙いだった場合、関係のないギフトのエージェントたちをわざわざ皆殺しにする理由や、あの場で俺が来るのを待っていたとしても、その情報をどこから入手したのかなど、疑問が多く残る。

「完全に否定することは出来ない。だが、その可能性は限りなく低いと見て良い」

「そうなると、やはり、修羅憑きがノーフェイスだった、あるいはノーフェイスが修羅憑きとなった……と考えるのが、自然でしょうか？」

「あぁ。しかし、どちらの線もないだろう。ノーフェイスはスパイ組織に潜入し壊滅活動を行うことがわかっている。修羅憑きのあの姿で組織に潜入など、まず無理だ。そしてノーフェイスが修羅憑きとなったという線も、先ほどマスターが言った通り、俺以外の人間を殺しても浄化されなかったことから、違うとわかる。なぜなら俺たち気忍花のエージェントが現場に着いたときにはすでに修羅憑きはいた。つまりノーフェイスが修羅憑きとなるには、ギフトのエージェントの誰かがノーフェイスを殺したということになる。しかしその後、ギフトのエージェントが全滅したにもかかわらず、修羅憑きは浄化されなかった。もしもノーフェイスが修羅憑きとなっていたならば、ギフトのエージェントを殺した時点で浄化されてなければおかしい」

「なるほど。では、ノーフェイスが修羅憑きをコントロールしていたというのはどうでしょう？」

「不可能だ。修羅憑きは己を殺した人物を殺すためだけに、怨嗟に突き動かされている存在。ノーフェイスがどんな人間であれ、修羅憑きを兵器のように利用し、まったく関係のない人間を殺させ、なおかつ修羅憑きの存在をこの世に留めておくなどそんな芸当、出来るはずがない」

「つまり、今回のことは本当に、最悪の偶然が重なってしまった結果、ということですか……」

「今のところは、そう見るしかない」

そして深淵に葬られたため、今後この件が解明されることはないだろう。

そう、ノーフェイスを生け捕りにする以外は——。

「……それで、虎太郎くんは、大丈夫なのでしょうか？」

「……？」

「いや、そうするしか方法がなかったとは言え、修羅憑きを殺してしまったのでしょう。だから、その、あんまり考えたくはありませんが、こう、呪いとか、そういう……」

「修羅憑き殺しの代償か」

「……はい」

無論、その可能性も否めなくはない。なぜなら相手は人間ではなく化け物だ。

それに、溶けるように朽ち果てていったあの様子からは、とても浄化されたとも考えられない。何かしら、あってもおかしくはないだろう。

「……ふむ」

その後、マスターと他愛もない話を少ししたあと、俺は席を立ち出口に向かった。

「コーヒー、うまかった」

「はい。ねえ、虎太郎くん、また来てくださいね。皆さんがいなくなってしまって、ここ、ずいぶんがらんとしちゃいましたから」

どこか寂しそうにそんなことを言うマスターにうなずき、俺はドアノブに手をかける。

「あぁ、そうだマスター、言い忘れてた」

「なんでしょう?」

「最近、気忍花に新しいエージェントが入った」

ドアを開け、店を出て行く。

背後でマスターが、にっこりと微笑んでいるのがわかった。

PERFECT SPY

第三章

1/5

1

「虎太、スー、ぜんぶ集めました」

「よし、じゃあ今度はそれをちりとりに入れろ」

自分の背丈よりも長い箒を手に、一生懸命ごみを掃き集めたスノーにそう言って、俺はしやがむと、ちりとりを構えた。

「ここに入れればいいぬ？」

「あぁ」

すると、スノーは言われた通り、ごみをちりとりへせっせと掃いてゆく。

「おけ」

「上出来だ」

すべてのごみをちりとりに収めると、スノーは嬉しそうに言った。

「これが、掃除である。楽しいでありんす」

すずめが渡したハニートラップの資料（恋愛映画やラブコメアニメ）のせいなのか、最近、スノーは変な言葉を覚えるようになっている。

「そいつはよかった。これからは一人で出来るな」

しかし俺はあまり気にせず、そう言って一息ついた。今日は灯籠院の定休日だったこともあり、俺は朝からスノーに境内の掃除の仕方を一通り教え、ようやくそれが終わったのだ。

「これで終わり？」

「あぁ、終わりだ」

うなずき、立ち上がる。するとスノーのおなかが、きゅ～と可愛らしい音を鳴らした。

「虎太、鳴ってるよ」

まるで他人事のように自分のお腹を指さして言うスノー。

「そうだな。まぁ、よく動いたから当然だ。スノー、何か食べたいものはあるか？」

尋ねると、スノーはしばし考え始める。俺はそれを待つ間、きれいになった境内を見渡した。

そして、その瞬間——。

「待てっ」

俺はちりとりを放り投げると、素早く刀に手をかけ、スノーに言った。

「ふぇ!?　ま、まだ掃除は終わりじゃにゃひっ!?」

「いや、掃除は終わりだスノー……だが、客が来る」

途端、俺の様子にスノーも察したのか、姿勢を低くすると、辺りの様子を窺い始めた。

俺の視界には、赤く点灯している侵入者検知用の灯籠が映っていた。方角は……。

「虎太郎さん、東側です」

「あぁ、そのようだ」

灯夜殿から顔を覗かせたすずめに頷き、俺はそのまま後庭園のほうに視線を固定する。

すると、石垣の上に生い茂っている草陰がガサガサと揺れ動いているのがわかった。

「あそこか」

間抜けな来客に少々気抜けしつつ、俺は鞘から刀を半身ほど出し、近づこうとする。

しかし俺が一歩踏み出そうとした直後、あろうことかその客自ら堂々と姿を現した。

「なっ……」

そして俺は、その客の姿を見て言葉を失った。

「ど、どうしましたか虎太郎さん」

俺の様子がおかしいことに気づいたすずめが灯夜殿から出て来ては、その姿を確認する。

「ま、まさか……」

彼女もまた、その姿を目にすると、俺と同じように固まった。

「……イノシシ」

そんな俺とすずめの隣で、スノーがぽつりと、その珍妙な来客の名を口にする。

はっと我に返った俺は、咄嗟にすずめを灯夜殿へと戻した。

「すずめ、中に入ってろ」

「は、はい」

彼女が建物の中へ避難したのを確認し、再びイノシシへと視線を向ける。イノシシは辺りの地面を嗅いでおり、まだこちらには気づいていない様子だった。

ならば、相手が油断している今がチャンスだ。

「スノー、あいつを仕留められるか」

「虎太、スー、できるよ。ちょと待てて」

スナイパーライフルを所持していなかったスノーが自分のロッカーへと取りに向かう。

その間に俺は、イノシシの様子をよく観察した。

体長は一・五メートルほど。丸々と太った体格を誇るそのイノシシの口元には、大きく勇ましい牙が見える。あんなやつに突進されでもしたら、ただでは済まないだろう。そして、刀が通用する相手ではないことも確かだ。首を斬り落とすには動きが速く、刺したところで刃が折れる。たとえ術を使ったとしても、俺にとっては最高に相性の悪い相手のようだ。

幸い、相手はまだこちらに気づく様子はなく、他に仲間も見当たらない。あとはスノーがライフルを手に戻ってくれれば、彼女の弾丸で無事に仕留めることが出来るだろう。

俺はゆっくりとその場に腰を下ろし、息をひそめ、スノーが来るのをじっと待った。

しかし——。

「こ、虎太郎さ～ん！　門の掃除、終わりましたよ～！」

そのとき、背後からラビの声と楽しげな鈴の音が響き渡った。

「……やってくれたな、ラビ」

俺は大きくため息をついて、諦めたように立ち上がった。

案の定、鈴の音に気づいたイノシシがこちらを凝視している。

完全にまずい状況になった……が、ある意味これがラビで助かったかもしれない。

「ラビ、その場から動くな。後庭園方面にイノシシがいる」

「イ、イノシシですか」

ごくり、と喉を鳴らし、ピタッと足を止めるラビ。

「そしてそいつは、すでにこちらに気づいている。ラビはその場から動かず、そのまま姿を消せ。その後、俺があいつの気を引いている間に灯夜殿に避難しろ」

灯夜殿に視線を向ける。締め切った障子の隙間からは、すずめがこちらの様子を見ており、俺がうなずくと、彼女はそっと障子を開き、ラビの受け入れ態勢を整えた。

「は、はい」

「いいか、絶対に鈴の音は鳴らすなよ」

「は、はい……」

直立したまま、ラビが少々自信なさげな返事をする。音を鳴らさないためには彼女からチョーカーを取り外すのが最適解だが、もうそんな時間は残されていなかった。

「来るぞっ……!」

イノシシがこちら目掛け、加速しながら駆け寄ってくる。

相手から目を逸らさず、俺は視界の隅からラビを確認した。鈴の音を鳴らさなくなったラビの気配はほぼ消えている。おそらくイノシシの視界にはもう俺の姿しか映っていないはずだ。あとは俺がうまく相手を誘導し、身代わりの幻影で煙に巻く。その隙にラビが灯夜殿へと駆け込めば、ひとまずは難を逃れることが出来るだろう。

「いいぞ、ラビ。そのまま持ちこたえろ」

イノシシのターゲットは完全に俺に定まっていた。加速をつけ、猛突進してくる。

そのまま相手のターゲットがぶれないよう、俺はぎりぎりまで待ち構えた。

「そうだ、こっちだ。そのまま俺に突進して来い……よし！」

そしてタイミングを見計らい、いよいよ己の幻影を作り出した、その刹那——。

〝りんっ〟と響く鈴の音。

「む、無理です、や、やっぱり怖いですぅ～！」

突進してくる猛獣の気迫にやはり耐えられなかったのか、ラビが一歩退いて動いてしまう。

瞬間、ラビを視界に捉えたイノシシのターゲットが彼女へと移った。

「ちっ……！」

俺は自分がターゲットから外れたことがわかるとすぐさま脇差を手に取り、真横を素通りしていくイノシシの胴体にそいつを突き刺し、手を放した。

「ラビ、左に避けろ！」

「ひゃあっ！」

鈍い悲鳴を上げたイノシシがバランスを崩し大きく逸れたことにより、ラビは余裕を持ってイノシシの突進から避けることに成功する。

「大丈夫か」

イノシシがそのまま石畳の道を突っ走って行ったことを確認し、すぐさま彼女に駆け寄る。

「あぅ……ありがとうございます」

「礼は後だ。中に入ってじっとしておけ」

情けない声を出し、ぺたっと石畳に座るラビを立たせ、俺は彼女を灯夜殿へさっさと追いやった。それから辺りを確認する。ダメージを負ったイノシシは遠くの草陰へと入ったまま、姿を消したようだ。

「虎太、おまちど」

「来たか、スノー……って、おまえ、それは……」

戻って来たスノーの手に視線を下ろし、俺は言葉を詰まらせた。

見ればそこに構えられていたのは、スナイパーライフルではなく、クロスボウだった。

「銃弾で仕留めると、お肉おいしくなくなりゅ」

スノーが平然とした様子で俺を見上げた。どうやら食べたいものが決まったらしい。

「イノシシ、どこー？」

「さっき草陰に入っていったんだが……」

言って、先ほどイノシシが入っていった草陰に目を向ける。すると遠くから、紫陽花の葉を揺らし、ものすごい勢いでこちらに向かってくる影が見えた。

「スノー！」

スノー目掛け、紫陽花から一直線にイノシシが突進してくる。

俺はすかさず彼女を抱き抱え横へと避けた。

イノシシはそのまま再びどこかへと走り去って行き、俺はそれを確認すると、スノーに目を向けた。一瞬の出来事だった。

「大丈夫か」

尋ねると、スノーはこくりとうなずき、そして、

「虎太……」

と小さく声を発した。

「なんだ、どこか痛むか」

「ううん、違くて」

それからスノーが俺の目を見てぽつりとこぼす。

「……スー、この格好、知ってる」

「格好？」

スノーに言われ、俺は自分たちの体勢を確認する。そこで初めて、俺は自分が、スノーを押し倒したような形になっていることに気がついた。おそらく、もしこれがレジーナやラビだったら、俺の体はこの時点で動けなくなっていたに違いない。しかし相手がスノーならば、俺は平気だった。なぜなら彼女は実年齢よりもかなり幼く見え、そんな彼女のことを俺は女ではなく、子どもと認識しているからだ。

「すずめの、ラブラブ絵本で、スー、見たから」

〝ラブラブ絵本〟とは、おそらくラブコメ漫画のことだろう。

「虎太……いいよ」

そしてスノーはそう言うと、両手を広げ、俺を自分の体に迎え入れようとする仕草を見せた。

それを見て、俺は何となくスノーに尋ねてみる。

「……何がいいんだ、スノー」

「わからないけど、いいんだよ、虎太。スーは、いいんだよ」

案の定、スノーは漫画の真似をしただけで、その仕草の意味を理解せず口にしたようだった。

まぁ、そんなことだろうとは思った。無論、意味がわかってやっていようと俺の行動は変わらないが。

「ふざけてる場合じゃないぞ」

　言って俺が起き上がろうとすると、しかしスノーは音もなくノーモーションで俺を自分へと引き寄せ、顔をくっつけた。その動きに少しばかり驚いていると、スノーはそっと言った。

「虎太、師匠と似た匂いがする」

「……師匠？」

「師匠は、スーのおじじの一番弟子。スーが一人になったとき、一緒に暮らしてくれた」

　伝説の狩人と呼ばれた彼女の祖父の一番弟子であり、スノーの師匠……どうやらその師匠とやらが、スノーの評価シートに黒塗りで記されていた、彼女を引き取った人物のようだ。

「その師匠も、スナイパーだったのか？」

「うん。スーは師匠に教わって、スナイパーになった。その師匠と虎太は、似た匂いがする。血の匂い」

「血の匂い、か……」

　そんなことを言われ、俺は目を瞑る。それは、殺人を生業とする職業の宿命でもあった。洗っても洗っても、やはりこの体には、今まで斬ってきた人間のそれが、染みついてしまっているようだ。

「でも、温かい匂いもする」

「温かい、匂い……」

　目を開ける。スノーは俺の顔をまじまじと見据えていた。

「師匠はスーに狩りも教えてくれた。虎太はスーに、家事を教えてくれる。血の匂いも同じ、温かい匂いも同じ。でもスーは……」

そのとき、そこまで言いかけたスノーは何か考えるように俺の目を見つめたあと横を向き、声を潜めた。

「……来る」

「早いな」

「うん」

辺りを見渡すと、少し離れた距離からイノシシがこちらに向かって来ているのが見えた。

「虎太、だっこして」

「……は？」

「早く、早くっ！」

「こんなときに——」

言いかけ、俺はすぐにせがむスノーの小さな体を抱き抱える。なぜならイノシシのターゲットは明らかにスノーだったからだ。そしてここから逃げるにしても、彼女の足では追いつかれてしまう。ならば彼女を抱えて俺が走ったほうが速い。

無論、イノシシのスピードには勝てないが……。

「スノー、このまま地下通路に入るぞ！」

「虎太、めっ！　そのまま走って！」

なぜかスノーに叱られ、俺は彼女に言われるがまま、灯籠院の境内を全速力で走る。最悪、追いつかれそうになったら高く飛ぶか、彼女を抱き抱えたまま壁走りでもしてやる。

一方、抱き抱えられたスノーは少々前のめりになるような形で俺の肩から身を乗り出した。

そのとき、俺は彼女が何をしようとしているのかすぐにわかった。

しかしこんな状態で、クロスボウをまともに扱えるのか。

「虎太、ぎゅってして！」

「こんなときに何言ってる！」

「ぎゅってしないと、スーの体、揺れて、照準が、定まらにゃひ……＞＜」

そういうことかと、俺はスノーの細い体をきつく抱きしめ、体を密着させ固定する。

直後、耳の後ろ辺りから矢が放たれる音。背後からほぼ同時にイノシシの悲鳴がきこえた。

それから二、三本と立て続けに矢の音がしたあと、後ろのほうでイノシシが倒れる音がする。

振り返ると、イノシシはその場で、前脚を折るような体勢で崩れ落ちていた。見ればイノシシの両前脚には矢がしっかり刺さっている。俺に抱えられ、大きく揺れるあんな状況下で、イノシシのこんな細い前脚を正確に射るとは……。

その精密さにまたも驚かされつつ、俺は前に向き直ると、スノーを地面に下ろした。

「さすが、狩りをやっていただけのことは、あるな……」

我ながらめずらしく、膝に手をつき、肩で息をする。

「スノーは、故郷にいた頃、毎日こんな獣を相手にしていたのか」

「うん」

「すごいな」

野生動物との戦闘は人間相手とやりあうのとはまた違った感覚だった。間合いや相手の心理を考慮する人間とは違い、動物は本能でこちらを殺しに来る。一瞬の判断が戦況を大きく占める、原始の頃から続くその戦闘スタイルに、自然の脅威を身をもって知ることとなった。

だからこそ、その一瞬を逃さないために、スノーの狙撃の腕は極限まで磨かれたのだ。

「怖くなかったのか？　あんな野生動物と毎日やりあうなんて」

尋ねると、スノーは少し考える様子を見せたあと、うなずいた。

「最初はちょっと怖かったかもしれにゃひ……。でもそれは、スーも、動物も、一緒のこと。スーも、動物も、怖がりながら闘う。生きるため」

「生きるため、か」

「うん、生きるため。スーは動物を狩った。動物も人間を、スーの家族を狩った」

「スノーの家族は……」

スノーはそこまで言いかけた俺に「うん」とうなずくと、息一つ乱さずに続けた。

「スーのパパとママは熊に食べられた。妹と弟たちは鷹に持っていかれた。でもスーも狩りをして熊や鹿を食べる。みんな、生きるためにすること。食べて、食べられて、自然は出来ていくって、スーは知ってる。スーは今日、イノシシを狩った。そして、これから食べる。でもいつか、スーが山で行き倒れたとき、今度は獲物にしたイノシシの家族や仲間がスーを食べるかもしれない。スーの体が腐れば木の栄養になる。その木になった実を小動物が食べて、その小動物を蛇が食べる。そしてその蛇をイノシシが食べる。そうやって自然は維持される。スーも、虎太も、みんな自然の一部」

「食物連鎖、だな」

「そう、スーの家族は生きるために動物を殺し、動物も生きるためにスーの家族を殺した」

そして、一人になってしまったスノーを、師匠が引き取った。

しかしそこまで話すと、スノーは少し間を空け、それからぽつりと言った。

「だけど、師匠は、人間に殺された。生きるためじゃなく、誰かの思惑のために」

その言葉のあと、スノーがゆっくりとクロスボウに矢をセットする音がきこえた。

「だからいつかスーは、師匠を殺したその人間を、殺さないといけない……師匠のために」

血生臭い世界ではよくある、復讐から始まる負の連鎖、か……。

気配を感じ、顔を上げる。

見ればスノーはクロスボウを持ち上げ、それをこちらに向けていた。

「スノー――」

「……さよなら」

スノーの目を見る。そのとき俺は彼女がこちらを見ていないことに気づくと、反射的に真横に避けていた。直後、ドスッという音と共にイノシシの悲鳴が響き渡る。

視線を向けると、眉間を矢で射抜かれたイノシシがスノーの前で倒れていた。

「最後の力で、立ち上がったのか……」

俺は立ち上がり、今度こそ本当に沈黙したイノシシから、刺さったままだった脇差を抜く。

「虎太……」

すると、クロスボウを手にしたスノーがいつもの眼差しで俺を見上げる。

先ほどはイノシシを狙っていたとは言え、スノーが自分へクロスボウを向けた光景が蘇り、俺は無意識のうちに身構えていた。

しかし彼女はそんなことを構う様子もなく、小さくおなかを鳴らして言った。

「スー、おなかすいた」

「イノシシのお肉なんて初めて食べました」

イノシシが出没し、それを退治したことを警察に報告し終えると、スノーはさっそく、境内の水場にて、慣れた手つきでイノシシを捌いて見せた。その捌かれたイノシシ肉に骨はまったくなく、本当に綺麗なものだった。

それからすずめの指示に従いイノシシ肉をぶつ切りにしたあと、用意されたクーラーボックスに入れていく。そして残った肉ですずめはカレーを作り、それを気忍花の皆で食べることとなった。

「す、すごいやわらかいです。びっくりですっ」

「イノシシのお肉は臭みがあると聞いたことがありますが、全然そんなことありませんわね」

すずめ、ラビ、ハートがイノシシ肉のカレーを食べ、それぞれ感想を口にする。彼女たちの言う通り、イノシシ肉には臭みなどまったくなく、口に入れると肉はやわらかく舌の上でとろけた。スノーも満足そうに「おいひい……><」と、いつも以上に口を緩め、もぐもぐと食べていた。

「今度イノシシが出たら、私が相手してやるわよ」

そんな中、カレーを食べながらレジーナが一人威張り散らす。

「レ、レジーナちゃんはイノシシの怖さを知りません。とても怖かったんですから。命の危機さえ感じました」

「びびりすぎよ、ラビもすずめも」

「カレーが出来上がったあとに来たからレジーナさんはそんなことが言えるんですよ」

「ふんっ」

「しかしレジーナ。スノー曰く、銃弾を使うと肉が美味しくなくなるそうだ。つまりおまえの武器は使用禁止。その状況で、猛突進してくる相手にどう対抗するつもりだ？」

「そんなの決まってるじゃない。突進してきたら避けて、飛び乗ればいいのよ」

イノシシとの戦闘を見ていたラビとすずめは、その非現実的な戦術に口を閉ざした。

「それにしても、そんな小さな体で自分よりも大きいイノシシを狩ってしまうなんて驚きですわね。怖くありませんの？」

その隣で、ハートがスノーにそんなことを尋ねる。

するとスノーは、

「怖くなし、狩るか狩られるか」

と目を瞑り、のほほんとしながら、まるで武士のように物を言った。

2

「本当に大丈夫なのか？」

よく晴れた昼下がり――。

屋上バルコニーにて、イノシシ肉の入った小型のクーラーボックスをドローンに取り付けるハートを見ながら、そんなことを尋ねる。

「心配いりませんわ。わたくしのドローンは数キロ程度の荷物なら簡単に運べますから」

「……ならいいが」

「はい、とりあえず取り付けは完了いたしました。あとは目的地を設定して飛ばすだけです。虎太郎、中へ戻りましょう」

数台のドローンそれぞれにクーラーボックスを取り付け終えたハートは立ち上がると、さっさと自分の部屋へと戻って行った。

屋上バルコニーに並べられたドローンたちを見る。彼らが爆撃用のドローンだと思うと、イノシシ肉を取り付けられた今の姿は、何とも悲しげな哀愁を漂わせているように見えた。

「……なんか、すまんな」

俺は彼らにそうつぶやき、部屋に戻った。

「それでは飛ばしますわ」

クラシック音楽がうっすらと流れるリビングで、デスクトップPCからドローンたちにそれぞれ個別の目的地を設定し終えていたハートがドローンを起動させる。

窓から屋上バルコニーに目をやると、ドローンは一斉にプロペラを回転させ、そして一台ずつ順番に、規則正しく空へと飛び立っていった。

「虎太郎、カメラの映像、テレビに映しましたわ」

ハートに声をかけられ室内に目を戻す。壁に掛けられた80インチほどの大きなテレビには、分割されたドローンのカメラ映像と、周辺地域の地図が映されていた。地図にはドローンの現在地が点滅で表示されており、目標に向かって移動しているのがわかる。

俺はテレビの前のソファに座り、その様子を少々感心しながら眺めた。

「なるほど、これは便利だな」

「ふふっ、こんなの当たり前ですわ。と言いますか、あの重い肉の塊を持って徒歩で届けようなんて、いくらなんでも前時代的過ぎると思います」

どこか得意げな声で言うハートをよそに、俺はすずめに、届け先にドローンが荷物を持っていくと連絡しておくよう伝えると、クラシック音楽を背景に、優雅に空を駆けてゆくイノシシ肉をテレビ画面で眺めた。

現在、鎌倉上空を縦横無尽に飛び回っているこの肉たちは、今朝スノーと俺で仕留めた、あのイノシシの肉だ。俺たちはそれをカレーにし、そのあと長期保存可能な燻製を作った。

しかし、それでもまだ有り余るほどの量の肉が残っていたため、すずめの提案で、灯籠院と付き合いのあるお寺や施設などにお裾分けをすることになった。

そして、それぞれ配達を分担して歩いて届ける……という話を始めようとすると、そこでハートが「そんなことをする必要はありません、わたくしにすべてお任せください」と口を挟み、彼女は小分けにした肉の入った小型のクーラーボックスをすべて俺に自分のマンションまで運ばせた。

そして現在、ドローンを使った配達を実行している。たしかにこのほうが人が歩いて配達するよりも早く、より新鮮なものを届けられる。何よりも効率が良い。

「それにしても、ずいぶん立派な住居だな」

俺はテレビ画面から視線を逸らし辺りを見渡す。

ハートの住むマンションは、湘南の海沿いにあった。ベランダからすぐ海を眺めることが出来る立地のためここらへんにあるマンションはどれも高級で有名だが、その中でも特に高そうなマンションにハートは住んでいた。

おまけに彼女の部屋はその高級マンションの最上階にある。部屋はとても広く、窓を開ければバルコニーから湘南の海を一望でき外の風を浴びることが出来る、まさに理想の住居だ。

俺の言葉に、ハートはどこか気取ったように答えた。

「ええ、わたくしはこれくらいの場所でなければ住みませんの。これでも日本の家は狭く感じますわ」

おそらく彼女が気忍花の用意したアパートに住んだら狭すぎて憤死するのだろう。そう考えると、文句を言いつつも組織に従い、アパートで暮らしているレジーナはやはり、四人の中ではいちばん従順なのかもしれない。

「家賃も高そうだな」

「まぁ、一般的なものに比べれば高いほうだとは思います」

「その金はどこから出ている」

「知りたいのですか？」

「……言いたくないのなら別に構わない。だいたい予想はつく」

彼女はハッカーだ。必要があればその都度、どこからか拝借しているのだろう。さすがにハッカー集団を抜けて気忍花の人間になっているため、ランサムウェアを使った身代金要求をするような真似はしていないだろうが。

そんなことを考えていると、こちらの考えを見透かしたようにハートはそれを否定した。

「ハッキングしてどこからか資金を頂戴なんて、わたくしはそんな真似いたしませんわよ」

俺がハートを見ると、彼女は少し怒ったように言った。

「やっぱりそう思っていらしたのですね、心外です。ここの家賃も、生活のための費用も、すべてわたくしが自分で出しております。これだけははっきりと言っておきましょう」

「意外だな。ハッカーはそんなに儲かる仕事なのか」

「ええ、日本に来るまではさまざまな企業から——果ては米国政府の依頼までも請け負っていましたから、見返りはかなりのものでしたわ」

やはり米国政府とも繋がりはあり、か……。

「それは悪かった」

「わかっていただければ良いんですの」

納得したようにうなずくと、ハートはテレビ画面に視線を戻した。

そんな彼女の横顔を見る。そして、心の中で彼女の名前を一度、つぶやいた。

ベノム・ノック・ハート――果たして〝Ｋｎｏｃｋ〟か〝ＮＯＣ〟か。

「ナンバー３のドローンが目的地に到着いたしましたわよ」

ハートの言葉に、テレビ画面に目を向ける。この部屋からいちばん目的地に近い場所へ配達をしていたドローンのカメラ映像には、少し驚きながらも、ドローンからクーラーボックスを外し、カメラに向かってお辞儀をするおばさんの姿が映し出されていた。

「とりあえず、無事に届けられたな」

「わたくしの優秀なドローンたちですから、これくらいは当然ですわ」

目的地に到着し、重量の変化を検知したドローンは自動で帰還モードへと切り替わり、こちらへ移動を始める。

それから、他のドローンも次々と目的地にたどり着き、配達を完了していく。少し警戒した様子の坊主頭の寺のじいさんや、ドローンにはしゃぐ施設の子どもたちなど、カメラを通して様々な光景がテレビ画面には映し出された。

そして続々と帰還を始めるドローンの中、最後の一台であるナンバー２のカメラに目を向ける。こちらもすぐに目的地へとたどり着く予定だった……の、だが。

「あ、あら……？」

そのとき、突然カメラがぐわんと揺れたかと思うと、バランスを崩した様子のドローンが真っ逆さまに落下し、映像が途絶えた。

「……墜ちたな」

呆気に取られるハートをよそに、見た通りのものをボソッとつぶやき、俺は軽くため息をついて立ち上がった。まぁ、最悪こうなることも想定はしていた。

「おかしいですわね。故障はありえないはずですが」

「おそらくトンビだろう」

「トンビ……あの大きな鳥ですか？」

「あぁ。鎌倉にはトンビが多くいるからな。そいつらに墜とされた」

俺がそう言うと、ハートは面倒くさそうにため息をついた。

「厄介な刺客ですわね。かと言って荷物がある以上ガトリング搭載は重量オーバーですし……」

襲ってくるトンビをガトリングガンで撃ち落とそうと言うのか、この女は……。

「ふぅ……それを考えるのはまた今度にいたしましょう。とりあえず、墜ちたものは仕方ありませんわ。それでは虎太郎、墜落したドローンの回収、よろしくお願いいたしますわね」

墜落場所はこちらで指示いたしますから、とハートはデスクトップに向き直った。

どうやらすべて俺に処理させる気のようだ。

「ハート、お前も来い」

「何をおっしゃいますの？　嫌ですわよ、外に出るなんて。それにここから指示した方がよろしくなくて？」

「そうだが、いかんせんあそこは道が入り組んでる。言葉で指示するよりは実際に地図で墜落場所を確認したほうが早い」

　言って、俺は彼女のスマホを指さした。

「それでも追跡は出来るだろ？　だから、そいつを持って一緒に来い」

「できますけど……」

　明らかに面倒くさそうな顔でハートが口ごもる。

「一緒に行くのがそんなに面倒なら、スマホを俺が持っていくというのでも良いが」

「ダ、ダメです！　ダメに決まってますわ！」

　俺が一歩踏み出すと、ハートはすぐさまスマホを掴んだ。当たり前だ。情報の詰まっている端末を易々と他人に預けるわけがない。

「だから、一緒に来いと言っている」

「…………」

　ハートは本当に、心底面倒くさそうな顔でしばらく黙り込むと、観念したように口を開いた。

「……わかりました、行きますわ。準備をしますから、外で待っていてください」

「お待たせしました」

白いワンピースに着替えたハートがエントランスから出てくる。手には服に合わせた白いロンググローブを着用しており、その佇まいはどこかの令嬢のようだった。

そんな彼女の、普段とは違った印象に、黙って目を向けていると、

「な、なんですか。わ、わたくしだってこのような格好、嗜むことだってあります」

と、どこか照れ臭さを隠すように、拗ねた素振りを見せた。

「さっさと行きますわよ」

「ハート、こっちだ」

そして歩き出した彼女を、俺は呼び止める。

「なんですか、虎太郎。墜落した場所はこちらの方角ですよ」

「そうだが、こっちから行ったほうが早い」

俺がそう言うと、ハートは少し戸惑った様子を見せつつも、こちらに戻って来る。

「それと、ハート」

「なんですの」

「あのドローンは戻しておけ」

続けて、遥か頭上に滞空しているガトリングガンを搭載したドローンを指さした。

「あら、気づいていらしたのですね」

すると俺に指摘されたハートはスマホを操作し、何食わぬ顔でドローンを帰投させる。

トンビでも撃つつもりだったのだろうか。

それから俺たちは数分ほど無言で歩き、駅前までやって来た。

「お、お待ちください」

しかし駅を目の前にすると、そこでハートはぴたりと足を止め、動かなくなった。

「まさか、電車に乗るおつもりですか？」

「そうだが」

「うっ……早いって言うのは、そういう意味でしたのね」

「まさか徒歩で行く気だったのか？」

黙り込むハート。前時代的と言っていた口はどこへ行った。

「こ、虎太郎。電車はやめて、タクシーにしませんこと……？」

「悪いがタクシーは乗らない主義でな。緊急時ならともかく、ハートもスパイなら、見ず知らずの他人と一対一になる空間は避けるべきだ」

無論、自分の車も爆弾が仕掛けられている可能性を考慮し持つべきではない。

それでも街中において、どうしても車が必要になった場合は、民間人のものを拝借するのがこの世界での最適解となる。

「普段からそんな気をつけなくともよろしくなくて？　それにここは日本ですし安全ですわ」

「いついかなるときも、だ。スパイとなったからには、もうどこにも安全はないと思え」

「そ、そうですけど……」

「ハート、何をそんなに躊躇している」

「べ、別に、躊躇しているわけでは……ありませんわ」

いつまでもその場に立ち止まり、煮え切らない態度のハートに俺は背を向けた。

「なら、行くぞ」

「くぅ～」

動物の鳴き声のような情けない声を発し、ハートが後ろを渋々とついてくる。

それから落ち着かない様子のハートを横に、時刻通りにホームへとやってきた江ノ電に乗った。車内の席は全部埋まっており、俺たちはドア付近に立つことになった。

発車時刻になり、電車が動き出す。ハートを見ると、ますます落ち着かない様子で、何かが体に触れるのを嫌っているかのように身を小さく縮めていた。

電車が走り始める。次第にスピードが出て揺れてきたため、俺は吊革に摑まり、窓の外に視線を向ける。するとそこで電車はカーブに差し掛かり、車内がぐらりと揺れた。

「あっ――」

瞬間、どこにも摑まっていなかったハートがよろけるのがわかり、俺は反射的に彼女を抱き抱えていた。

「何ぼけっと突っ立ってる。ちゃんと吊革に摑まっとけ」

言って、彼女をすぐさま放す。

「…………」

しかしハートは転びそうになったというのに、その後もまだゆらゆらと揺れているだけで、一向に吊革に摑まろうとはしない。吊革を見るも、ぶるぶるっと身を震わし、さっと視線を逸らす。それを見てようやく理解した。

「潔癖か」

俺がぼそっと言うと、ハートはムキになったようにこちらに顔を向けた。

「そうですわよ、何か文句ありますの？」

「別にないが、そのロンググローブを着けてるなら吊革くらい触っても良いだろ。と言うか、そのために着けてるんじゃないのか？」

「そ、そうですけれど、そういう問題じゃありませんのよ」

潔癖は精神的なものとは聞いているが、冗談ではなく、本気で触れたくなさそうな様子を見るに、本当に嫌なのだろう。

……面倒な女だ。

「摑まれ」

ゆらゆらと揺れているハートを見かねて、俺はため息まじりに肘を差し出した。ハートが俺を見る。それから肘に視線を向け、黙って親指と人差し指で服の端っこをつまんだ。

「ちゃんと摑まないとまた転ぶぞ」

「こ、これで十分ですわ」

言って、ハートはなぜか恥ずかしそうに顔を伏せた。

「ふん、好きにしろ。転んで床に手をついて、もっと悲惨なことになっても良いならな」

「いっ……」

自分が床に手をつく光景を想像したのか、ハートは俺の言ったことに顔を青ざめさせ、服をつまむ指に力を入れる。

「そんなんじゃ任務もろくに出来ない。矯正しろ」

「そ、そもそもわたくしは現場に出る必要のないハッキング要員ですから、潔癖でも問題はありませんのよ。それにこの際だから言わせていただきますけど、ハニートラップの訓練だってわたくしには必要ありませんの」

「おそらく大半の任務はそれで済むだろうが、中には気忍花のように、外部からの侵入を遮断した完全オフラインの組織からデータ情報を抜き出す任務もあるかもしれない。そのときは現

場に赴いてハッキングをするしかない。ハートも俺たちと共に同行してもらうことになる。絶対に現場に出なくて良い、なんてことはありえないぞ」

「そ、そんなことわかってますわ——ひゃっ」

するとそこで再び電車が揺れ、ハートが咄嗟に俺の腕にしがみついた。

俺はぐっと腕に力を入れ、後ろに倒れそうになっている彼女を引き起こす。

「平気か？」

そして、そんなことを尋ねると、ハートは俺の腕にぎゅっとしがみついたまま、なぜか鋭い視線を向け、恥ずかしそうに俺を睨んだ。

目的の駅に着き、墜落現場にてドローンを回収すると、ハートはスマホで別のドローンを呼び出し、墜落したドローンを自宅まで運ばせた。

それからクーラーボックスを目的地まで届け終えたあと、通りかかった鶴岡八幡宮の前でハートが足を止めた。

「虎太郎、屋台がありますわよ」

鶴岡八幡宮の表参道に並ぶ屋台を見て、少し興奮した様子でハートが言う。

「今日はお祭りでもやっているのでしょうか？」

「いや、ここは普段からときどき屋台が出てる。それに六月に入ったからな。紫陽花の季節である六月は鎌倉の観光客が増える。つまり稼ぎどきなんだろう」

「そうですのね」

「好きなのか、祭り」

「好きと言うか、わたくしも幼少期までは日本にいましたから。やっぱり懐かしくなります」

そう言うと、ハートは懐かしむような眼差しを遠くに向けた。

「お父様がよく、りんご飴を買ってくださったのを思い出しますわ。わたくしはそれを食べきれなくて、最後はいつも、お母様とお父様が二人で食べてました。……とても、とても遠い日の思い出です」

それからハートはこちらに振り返り、尋ねてきた。

「あなたには、そういう思い出はありますか？」

「……ない」

「そもそも家族はいるのですか？」

「いない」

「そうですか、それは寂しいことですわね。でも――」

ハートが空を見上げる。

「最初から思い出がないのと、大切な思い出があって苦しむのとでは、どちらが良いのでしょうね」

彼女の口から出た言葉が、儚げに空へと消える。

彼女はこちらを向いて、寂しそうに微笑んだ。

「すいません、少し感傷的になってしまいましたわ。それでは行きましょうか」

そう言って歩き出すハートに声をかける。

「ハート」

「なんですか？」

「せっかく外に出たんだし、少し散歩でもして行くか？」

俺の提案に、ハートは少々驚いた様子を見せたあと、少し考え、うなずいた。

「ま、まぁ……それもそうですわね。それじゃあ、少しだけ、観光でもして行きますわ」

まんざらでもない様子でハートが踵を返し、鶴岡八幡宮へと入って行く。

しかし俺は、先ほど屋台の思い出を語っていたにもかかわらず、その屋台の前を素通りしていく彼女に尋ねた。

「ハート、屋台で何か買わなくて良いのか」

すると彼女は振り返って、悔しそうな表情を浮かべた。

「今はもう食べられませんわ」

「あ、あぁ、そうだったな」

思い出があるから屋台は特別に大丈夫なのかと思ったが、やはり潔癖に例外はないらしい。

それから、リスや虫に怯えるハートと共に鶴岡八幡宮の境内を見回ったあと、小町通りなどを散策し、俺たちは最後に銭洗弁財天へとたどり着いた。

銭洗弁財天に着き、社務所で二人分の線香とロウソクを買い、ザルを借りる。その後、本社への参拝を終え奥宮に到着すると、そこで初めて、彼女は現金を持っていないことを明かした。

「……金を持っていない？」

「ええ、わたくし、すべて電子マネーで済ませてますの」

どこか偉そうな口調でそう言うと、彼女はスマホを取り出し画面を見せびらかした。

「この端末一つですべて事足ります。お金なんて汚くて触れませんわ」

潔癖であるハートの言うことはごもっともだったが、ならばいったい、何のためにここへやって来たのか、俺は理解に苦しんだ。

……どこまでも面倒な女だ。

「わかった。ならザルを俺に渡せ」

「どうしますの？」

「重ねて使うだけだ。洗わないなら持ってても仕方がないだろう」

そう言って、俺はハートからザルをもらおうとする。

「あっ、ちょっとお待ちください」

しかしハートはザルを自分のほうへ引っ込めると、それから何かないかと、ポシェットや身につけている物を調べ始めた。

「せっかく来たのに何も洗わないというのはもったいないので……そうですわね、これでも洗って清めましょう」

そして彼女は首から下げていたロケットペンダントを外し、その蓋を開けた。

俺はペンダントの中に納まっているそれを見て、思わず言葉を失った。

「ハート、それは、なんだ……」

「鉱石ですわよ。お祖父様から貰ったものです」

ハートのペンダントの中にあった鉱石……しかしそれは、ただの鉱石ではなかった。それは、すでにこの世界から失われたとされる鉱石を使って作られた、気忍花に伝わる特殊な〝鍵〟だった。失われた鉱石によって作られたその鍵は、現代では一種のオーパーツとされており、鍵自体に相当な価値があると言われている。

住職に聞いた話では、それは気忍花の始祖である五人の忍者が作ったもので、全部で五つ存在していたという。しかし第二次世界大戦中に起きたとある事件により、伊賀忍者の鍵だけが行方不明のままという話だった。

鍵にはそれぞれの流派の頭文字が刻まれており、俺も一度だけ、風魔忍者の鍵を住職に見せてもらったことがある。そこには風魔を表す〝風〟という文字が刻まれており、気忍花にはこの鍵を所有した者しか開けられない隠し部屋がいくつか存在していると聞いた。

そして、ハートと最初に出会ったドローンの〝巣〟である開山堂もその一つだった。

そこで俺は、ようやくカラクリに気がつく。

なぜハートが、鍵所有者しか開けられない開山堂に入れたのか。

気忍花の鍵のシステムを理解していない俺は、てっきり彼女が何らかの手段を用いて開山堂へとハッキングして入ったものだと思い、そのハッキング能力の高さに驚いていたが、どうやらそれは間違いで、単純に彼女が鍵を持っていたから入れた、ということらしい。

開山堂に彼女がいた理由に納得すると共に、俺は新たな疑問に直面する。

なぜハートが、気忍花の鍵を持っている？

「それにしても地味ですわよね。とても価値があり大切なものだから持っておけと言われて肌身離さず持っていますけれど、わたくしにはそれほど価値があるようには思えませんわ……」

言いながら、ハートは鉱石を太陽に晒し、光を反射させる。

見ると、やはり鉱石には〝伊〟という文字が刻まれていた。

間違いない。彼女が持っているこれは、行方不明となっていた伊賀忍者の鍵だ。

「それより虎太郎。これが、どうかいたしましたの？」

鍵に目を奪われていた俺にハートが顔を向け、何でもないような表情で尋ねてくる。

「い、いや……なんでもない」

俺はこれ以上、鍵(かぎ)についての詮索(せんさく)は止めた。ハートはそれが気忍花(キシカ)に関係のあるものだと気づいていないのか。それともわざと何も知らないフリをしているのか。それがわからなかった。

しかし一つ言えることがある。

それは、その鍵(かぎ)を気忍花(キシカ)から持ち出した人物が、過去に気忍花(キシカ)を、壊滅(かいめつ)の危機にまで陥(おちい)らせたということだ……。

3

「すずめがスパイの妹ね」

いつものように俺が紫陽花(あじさい)を植えていると、レジーナが手伝いに来た。

そこですずめの話となり、俺はレジーナに、すずめが若くして気忍花(キシカ)のオペレーターになった経緯(けいい)を語った。なぜ気忍花(キシカ)が、若いすずめをオペレーターとして迎(むか)え入(い)れたのか。

それは彼女の能力が高かったこともあるが、やはりいちばんの理由は、彼女が気忍花(キシカ)の伝説のエージェント『八角鷹(ハチクマ)』の妹だったからだ。

八角鷹(ハチクマ)は気忍花(キシカ)でも一、二を争う腕(うで)の立つスパイで、気忍花(キシカ)はもとより、他のスパイ組織のエージェントたちにも多大なる影響(えいきょう)を与(あた)えた人物だった。彼は皆(みな)から愛されるスパイであり、そして、年の離(はな)れた妹をとても可愛(かわい)がる、妹想(おも)いの優(やさ)しい兄であった。

そう、その年の離れた妹——それが、すずめだ。

灯籠院の拝観期間には必ず、八角鷹はすずめを連れて来ていた。

すずめが灯籠院に来ると、エージェントたちはこぞって彼女を可愛がり、スパイ組織とは思えないほど和やかなムードになっていたことを覚えている。

しかしある任務で八角鷹は何者かに裏切られ殉職。それを機に、すずめも家族と共に遠くへ引っ越したと伝えられ、それ以来、気忍花との関係は途絶えた。

けれどもその数年後、すずめは再び気忍花へと戻って来た。

今度はエージェントの家族としてではなく、自分が気忍花のエージェントとなるために。

そんな彼女との再会に、エージェントたちは喜びと困惑を抱く。無理もない。なぜなら可愛がっていた子を、死と隣り合わせの現場に送り込むなんて出来ないからだ。

そして気忍花が出した結論は、すずめをオペレーターとして気忍花に迎え入れる、というものだった。すずめもそれに納得し、そんな彼女を、気忍花は快く迎え入れた。

すずめが気忍花に入り、エージェントたちが何より驚いたのがその仕事っぷりで、八角鷹の妹であることを考慮しても、彼女はあまりにも有能だった。おそらく兄のことを知り、必死になっていろいろな技術を身につけたのだろうとエージェントたちは感心し、すずめはすぐに気忍花の中心的存在となり、立派な気忍花の一員として、今も組織の中枢を担っている。

これが、すずめが気忍花のオペレーターになった経緯だ。

「まぁ、それを聞いたら、すずめが一人で気忍花の管理を担当しているのも納得できることもなくはないわね。と言っても、スノーや私のことを考えれば、そこまでめずらしいってわけでもないのだろうけど」

レジーナはそう言うと、紫陽花に土を被せてから立ち上がり、大きく伸びをして尋ねた。

「ところでこれ、あと何本植えるのよ」

するとそこへタイミング良く、苗木を一本ずつ抱えたラビとスノーがやってくる。

「虎太郎さん、買ってきましたよ～！　私、お花屋さんで買い物できちゃいましたよ～！」

「あれで最後だ」

それから俺たちは、二人が持ってきた最後の苗木の植え付けに取り掛かった。

俺とレジーナで穴を掘り、そこへラビとスノーが苗木を植える。そして皆でそこに土を被せていく。一本目を植え終える頃、ハートがやって来た。

「また、紫陽花を植えているのですね」

「ハートちゃんも一緒に植えますか？」

無邪気な様子で、手を土だらけにしたラビがハートを誘う。

「いえ、わたくしはちょっと……」

しかしハートは顔を歪ませ、そっと俺たちと距離を取った。

「そうですか……でも紫陽花植えるの、意外と楽しいですよ？」

「ラビ、ハートは潔癖だ。土を触るなんて一生無理だろう」

「あっ、そうだったんですね。すいません、何も知らずに誘ってしまって……！」

「いえ、別に構いませんわ。それより四人とも、ブリーフィングが始まるまでには灯夜殿の方へ集まっておいてくださいな」

「はーい」

するとハートはそれだけ言って、さっさと去って行った。

「めずらしいわね、ああいうことはだいたいすずめが言いに来るのに」

「たしかに、そうですね」

レジーナとラビ、それから俺が灯夜殿へ目を向ける。灯夜殿の物陰では、戻って来たハートにすずめがお礼を言っている様子が見えた。

「ハートに言って来るよう、すずめが頼んだみたいだな」

「どうしてですか？」

「……近づきたくないんじゃないか、紫陽花を植えてる俺に」

「たしか前も、虎太郎が土いじりしているのを見てすずめが怒ったように見えたときがあったけど、もしかしてすずめ、紫陽花が嫌いだったりする？」

「いや、そういうわけじゃない」

「そういうわけじゃないって、虎太郎、理由を知ってるなら教えなさいよ」

レジーナに言われ、俺は紫陽花の根に土を被せるスノーを手伝いながら話した。

「思い出すんだろ、紫陽花を植えてた仲間のことを。そいつとは仲良さそうに見えたからな」

「……あー、なるほどね」

それを聞いたレジーナがもう一度すずめの方に目を向けた。すると、ひっそりとこちらの様子を窺っていたすずめがレジーナの視線に気づき、そそくさと灯夜殿へと入って行く。

「スー、紫陽花の植え付け、完了しました」

「よしっ」

最後の紫陽花を植え終え、俺は立ち上がった。合計十九本の紫陽花が俺たちを囲む。

「それにしても、ちょっと多いわね」

「そうですね……」

灯籠院に植えられている、その紫陽花たちの意味を知るレジーナとラビが、そんなことをぽつりとこぼす。新しく植えられた若い紫陽花の数は、先の作戦の悲惨さを物語っていた。

「おまえたちも、俺に紫陽花を植えさすような手間はかけるな」

俺は三人にそれだけ言って、園芸用具をしまいにさっさと蔵へ向かった。

「まったく、素直に〝死ぬなよ〟って言えばいいのに」

「ま、まぁ、そんなところも虎太郎さんらしいじゃないですか」

「虎太らしい」

「皆さん、ハニートラップの訓練はその後、どうですか？　うまくできていますか？」

時刻となり、灯夜殿に全員が集まると、さっそくブリーフィングが始まった。

けれども始まるなり、すずめから放たれたその第一声に、その場の全員が黙りこくった。

「……あ、あれ？」

想定していた返事が得られず、すずめが拍子抜けしたように首を傾げる。

見ればレジーナは顔をほんのりと朱色に染め、ラビは鈴を手で押さえながら俯き、スノーは何かを思い出しているのか口元から涎を垂らしていた。そしてハートは平然としているものの、口を閉ざしている。

「なんか皆さん黙ってしまったんですが……あのぉ、虎太郎さん、ハニートラップの訓練のほうはどうだったのでしょうかぁ……」

縋るようなすずめから話を振られる。そんな俺に、四人の視線が集中した。

はっきり訓練と言えるようなものはラビとしかしていないが、レジーナ、スノー、ハートの三人とも、結果的にそれらしいシチュエーションはあったような気がする。

俺は一つ咳払いをして、すずめにそのことを報告した。

「ハニートラップの訓練をしたのは、ラビとだけだ」

「え、えぇー!?　虎太郎さん、それ、本当ですか。訓練したのは、ラビさんとだけ……?」

「あぁ」

「そ、そんな……」

すずめはぽつりとそうこぼすと、するすると体の力を抜かし、ぶつぶつ漏らし始めた。

「やっぱり私が皆さんに強制的にデートでも何でもさせるべきでした……そうすれば絶対にハニートラップの訓練をせざるを得なくなりますし、習得に近づくはず……」

そんなすずめに俺は続ける。

「だが、訓練はしていないと言っても、それらしいものはいくつかあったように思う」

するとそんな俺の言葉を聞いたすずめが顔を上げる。

「つまりそれは、ハニートラップに繋げられそうなシチュエーションがあったってことですか?」

すずめの問いかけに俺はうなずいた。

「こ、虎太郎さん、是非、お聞かせください」

すずめが期待の眼差しをこちらに向ける。そんな彼女から、俺はレジーナに視線を向けた。

レジーナは何か言いたげな顔をしつつも、黙ってこちらをちらちらと見ているだけだった。

「まずレジーナだが、皆も知っている通り、先日、彼女は海で溺れた」

「はい、しかしあれは不慮の事故で……それがハニートラップにどう繋がるんですか?」

「そう、あのときは単なる事故で、レジーナは本気で溺れた。だがもし目標と海水浴に行き、その状況を演出できたらどうだ？　相手は必死になってレジーナを助けるだろう。そして息を吹き返したことにより、距離は縮まる」

「たしかに、なかなかに劇的なシチュエーションですわね」

「そしてレジーナが最初に試そうとしていた、いわゆるドジアピールもそれで達成されるだろう。俺はまったくそんなことはないが、男はそういったドジをする女のことを守ってやりたくなったり、放っておけなかったりするみたいだからな。女が溺れて、それを自分が助けたという実体験は、より効果的だろう。そして男はますますその女を自分が守ろうとするようになる。そうなれば女の勝ちだ」

　そこまで話すと、ラビがぽつりと言った。

「こ、虎太郎さん、すごい、ハニートラップに繋げられるようにちゃんと分析してますね」

「わたくしも少々驚きましたわ。まさかそこまで考えているなんて。さすがですわね」

　するとそこで、すずめが純粋な疑問を口にする。

「もしかして虎太郎さんとレジーナさんの間にも、そういうことが実際にあったんですか？」

　その質問に、レジーナを除く全員の視線が俺に集中した。

「……次、ラビだが」

「え、えぇー!?」

すずめがまたしても大げさなリアクションを取る。

それから彼女は俺とレジーナを交互に見比べ、戸惑った表情を浮かべた。

レジーナを見ると、彼女はこちらを一瞥し、恥ずかしそうに俯いていた。

「ラビとは任務の休憩中に、彼女の要望でハニートラップの訓練をしたのだが……」

俺の報告に、心配そうにラビがこちらを見る。俺はそんな彼女を一瞥し、続けた。

「ラビは、一番有効的な術を持っていると思われる。彼女の魔術はハニートラップとしてもかなり効果的であり、そこへ持っていくまでの方法をもっと自然に演出出来れば、高確率で相手から情報を聞き出すことも可能だろう。諜報班としての情報収集にはかなり期待が出来る」

「ラビさん、めっちゃ褒められてますよ」

「う、うぅ、恐縮です……」

「だが、その術はラビにしか使えないものであるため、残念ながら汎用性はない」

「ふーむ、なるほど。ラビさん限定のハニートラップということですね。興味深いです」

すずめがラビの隣に座り、りんりん、と指で鈴を揺らして鳴らす。

「それからスノーだが……スノーは、まぁ、カレーが旨かったな」

俺がそう言うと、「たしかに」「あれは絶品でしたわね」「また食べたいです」「今度は私がイノシシを倒してやるんだから……」と、一人以外は皆、カレーの味を口々にしながらうなずき合った。

「イノシシカレー、美味しかった！　また食べたひ……><」

そしてイノシシカレーのことを思い出し、じゅるりと涎を垂らすスノー。

「スノーさんは今後に期待ということで。では最後はハートさんですね」

つられてじゅるりと涎を拭うすずめがハートに目を向けた。

俺も同じように彼女へと視線を向ける。

「ハートとは普通に鎌倉を見て回って、それらしいシチュエーションはあったんだが」

「だが……なんですか？」

「だが、まずハートには、ハニートラップを仕掛ける以前の問題があることが判明した」

「問題？」

「それは、ハートが潔癖であることだ。ハートは潔癖ゆえに外に出たがらない。そして外に出ても、潔癖ゆえにリスや虫にいちいち怯え、俺の渡す賽銭にも触れられず……とにかく、どこへ行くにも何をするにも潔癖が出て、ハニートラップを仕掛けるどころの話ではなかった」

「そ、それはちょっと困りますね」

いつの間にかハートの隣に移動していたすずめが困惑した表情を浮かべた。

しかしハートはあまり気にする様子もなく、毅然とした態度を見せる。

「再三述べさせていただいている通り、わたくしにはハニートラップなんて必要ありません。なぜならわたくしはハッカーですから。そのために気忍花へ入ったのですわ」

「ハート、まだそんなことを言うつもりか」

「ええ、何度だって言わせていただきますわ」

「ま、まぁ、お二人とも落ち着いてください」

「すずめ、止めるな。ハートがこんな様子じゃ、いつまで経ってもハニートラップの習得なんてできないぞ。すずめも必要だからこそ、この四人に習得させたいと思ったんじゃないのか」

「そ、そうですけど……」

それを使う機会があるか否かは関係なく、気忍花の方針でハニートラップの習得が決定づけられたのならば、中途半端は許されない。

俺はそっぽを向いているハートへ向き直ると続けた。

「いいかハート、これは気忍花の――」

しかしそこまで言いかけたときだった。彼女の背後にドローンの影が映り、ガトリングガンが回転を始める音がきこえ、俺はすぐさまハートへ飛び込んだ。

「ハート!」

「なんですの――」

ハートと共に畳に伏せる。直後、放たれるガトリング。

そして背後の襖が蜂の巣になったのがわかった瞬間、レジーナが銃を手に取り、ドローンに向かって銃弾を撃ち放った。撃墜されるドローン。

しかし安心してはいられなかった。外を見ると、灯夜殿はすでにドローンに囲まれていた。

「防御壁を展開しろ！」

間一髪のところで畳を踏み、仕掛けを作動させ、ドローンによる銃撃を防御壁で防ぐ。

「ハート、いったいどうなってる！」

それから俺は、レジーナとスノーが応戦する中、ハートに問い詰めた。

なぜならあれは、ハートの所有する攻撃型ドローンだったからだ。

「わ、わかりませんわ……！」

しかしハートも状況を把握出来ていない様子で、ひどく動揺していた。

そしてノートPCを立ち上げた彼女が、その画面を見て、顔に絶望を浮かべる。

「そ、そんな……」

「どうした、ハート」

「わたくしのドローンが全機……乗っ取られてます」

「乗っ取られた……？　何者かにハッキングされたと言うのか」

訊くと、ハートが力なくうなずく。

「わたくしのセキュリティを突破するなんて……ありえませんわ……誰がこんなことを……」

かなりショックを受けているようで、彼女の声は震えていた。

「ハート、ショックを受けるのは後だ、今すぐこいつらを止めろ！」

「い、言われなくても……やりますわよ！」

ノートPCのキーボードをやかましく指で叩き、ハートが制御を取り戻そうとする。

しかし激しいドローンの猛攻は止みそうになく、防御壁は鉄の雨音を鳴らし続けた。

「ちょっとどうにかならないのハート！　これ、あんたの玩具でしょ！」

「やってますわよ……！　やってますが……！」

必死にドローンへのアクセスを取り戻そうと試みるも、しかしそこで、ハートはついに諦めたように言った。

「……ダ、ダメです。完全に、暴走してます……ッ！」

「くそっ」

「こ、虎太郎さん！」

障子が突き破られ、すずめのすぐ近くにドローンが迫る。

「今行くっ！」

俺は防御壁に登り、身を乗り出すと、すずめに接近するドローンに斬りかかった。

「喰らえっ！」

真っ二つに裂かれたドローンがバランスを失い墜落していく。

「ラビ、すずめを頼む！」

それからラビのもとまですずめを連れて行き、彼女を預けると、俺は再び防御壁の外へと飛び出し、マント型の防弾外套で弾を防ぎつつ、ドローンの背後へと回り込む。

　これなら術を使うまでもない。

「ハート、全部壊すぞ！　いいな！」

「構いません！　制御不能です！」

　ハートの許可を得て、俺はドローンを六道で一刀両断していく。そこへレジーナとスノーの射撃も加わり、俺たちはものの数分ですべてのドローンを一掃した。

「目標、全機撃墜」

「ふぅ、危なかったわね」

「すずめちゃん、ケガはありませんか？」

「は、はい。怖かったです、ラビさん～」

　俺は転がっているドローンにトドメを刺し、辺りを見渡した。全員無事のようだ。

「ハート、大丈夫か」

　それを確認すると、ハートに声をかけた。

　しかし彼女は意気消沈した様子で、ぽつりと言った。

「……ごめんなさい」

　そんなハートのもとへ皆が集まって来る。

「暴走したって言ってたけど、どうなってるのよ」

「……わかりません。ひとつ言えるのは、何者かがわたくしのセキュリティを破って……」

言いながら、そこで立ち上がろうとしたハートはゆらりとふらつきバランスを失った。

「む、無理しないでください」

ラビがすぐに支えに入り、それをすずめも手伝った。

「ハート、今日はもう帰ったほうがいいんじゃない？」

さすがにレジーナも心配そうに彼女を見るが、ハートは聞かなかった。

「ですが、調べないと」

「でも、まともに立つことすらできてないじゃない」

「ですがっ――」

「ハート、生きてるドローンはもういないな？」

「え、ええ。ドローンは全機……破壊されてます」

俺が尋ねると、ハートはPC画面を見せ、ドローンのシグナルが全て消滅していることを証明した。

それを確認し、俺は四人に指示を出した。これでひとまずの脅威はない。

「よし、では、すずめとラビはハートを彼女の家まで送ってこい。そしてレジーナとスノーは俺と片付けだ。以上、行動に移れ」

「虎太郎、わたくしは大丈夫です。ここに残って、調べさせてください」

「いや、ダメだ。今日はもう、おとなしく帰れ。そして二度とこんなことが起きないよう、防止策を考えろ」

「ですが……」

「片付けたドローンは隅の方に保管しておく。だから安心しろ」

そう言うと、ハートは納得した様子でうなずいた。

「……わかりました。帰ってセキュリティの見直しと、プログラムの再構築をします」

そしてふらふらと歩き出したハートをすずめとラビが支え、三人は灯籠院から出て行った。

「ずいぶん派手にやらかしたわね。それにしてもすごい切れ味」

そんな三人を見送り、俺とレジーナとスノーは灯夜殿内外に散らばるドローンを片付ける。

それから畳の掃除をしたあと、ラビとすずめが帰って来るのを待ち、皆で障子を新しいものに貼り替えた。その作業が終わる頃にはすでに陽が暮れ始めており、その日は解散となった。

スノーと共に家に帰った俺は、夕飯を作りながら、今日の出来事を考える。

ここに来て、いよいよわからなくなっていた。

おそらく、最初の手紙を出した人物と、今回の襲撃の首謀者は同じ人物の仕業である可能性は高い。しかしそう考えたとき、ノーフェイスの疑いがかかっているエージェント四人については、今回あの場に全員いたことになり、無実が証明されることになる。そうなると、四人の中にノーフェイスがいるかもしれないという前提が崩れ、事態は後退してしまう。

では誰の仕業か、という可能性で残るのは再び住職となるが、やはりそれも考えにくい。相手は米国政府の依頼も請け負うほどの実力を持つハートのセキュリティを突破し、ドローンを暴走させるほどのハッキング能力を備えているのだ。古い時代の人間である住職にそういった芸当は不可能であると、彼の傍にずっと付き添ってきた俺が保証する。

そうなるとすべては振り出し……いや、マイナスにまで後退してしまう。

最初から気忍花には七人しか出入りしていない。そして襲撃はその七人の中で起きた。

しかしその七人の中に犯人――ノーフェイスがいないとなると、いろいろと説明がつかなくなってしまう。

考え込んでいると、スノーが横から俺の顔を覗き込んで言った。

「虎太、スー、おなかすいたんですけど」

「あ、あぁ。もう焼きあがるから待ってろ」

そんな図々しい同居人に、俺は良い具合に焼けたホッケの開きを皿に載せ渡してやる。

「虎太、このおさかな、おいひい……×」

そして箸を器用に使い、脂の乗ったホッケを美味しそうに食べるスノーを見ながら、俺はここにきて再び霧に巻かれ、姿が見えなくなったノーフェイスについて考えを巡らせた。

ノーフェイス……お前はいったい、何者だ？

夜になり、パトロールも兼ねて灯籠院の見回りに出かけると、壊れたドローンを集めておいた場所にハートの姿があった。

「……虎太郎ですね。来ると思ってました」

やはり一度は帰ったが我慢ならなかったのだろう。彼女は月明かりの中、壊れたドローンを一つずつ手に取り、何か異常が見つからないか真剣に調べているようだった。

「何かわかったか」

尋ねる。しかしハートは立ち上がり、壊れたドローンを見下ろしながら言った。

「いえ、わかりません。わたくしのセキュリティは完璧なはずでした」

「だが実際に突破されたんだ。侵入された形跡とか、そういったものもなかったのか？」

「……はい」

「そうか」

ハートが手に持っていたドローンをそっと置く。

「ダメダメですわね、わたくし。ハニートラップは必要ないと言っておきながら、得意であるはずのハッキング関係でも皆さんに迷惑をかけて……」

見ると、彼女のロンググローブは月明かりの下でもわかるほど汚れていた。だいぶ長い間、ここでドローンを調べていたようだ。

「少し、休むか」

「……はい」

俺はハートと一緒に灯夜殿の縁側に腰を下ろし、夜空を見上げる。

灯りがいらないほど、満月が眩しい夜だった。

「あの壊れたドローンの山、明日の朝には捨てないといけないみたいだ」

「そうですわね。あんなところに放置していたら、参拝客が何事かと思いますもの」

「一応、ハートの解析用にいくつかは保管しておく予定だったが、どうする、まだ必要か？」

「……いえ、全部破棄してしまって構いませんわ。もう充分調べ尽くしましたから」

ハートが壊れたドローンの山に目を向け、背中を小さく丸めた。

「ショックか」

「……はい」

「高そうだもんな、あれだけ改造したドローンは」

「はい、攻撃型ドローンのガトリングアタッチメントは特注ですし、ドローン自体の装甲もかなり高く……って、ちょっ、わたくしはドローンのことでショックを受けているわけではありませんわ」

途中まで言いかけ、そこで焦った様子でハートはツッコミを入れた。

そんな彼女を見る。こちらの視線に気づいたハートは眉を上げ、ため息をついた。

「もう、冗談はよしてください。……でも、ありがとうございます。元気づけようとしてくれたんですのよね、下手くそな冗談で」

「一言余計だ」

だが、冗談に乗れるようなら、そこまで深刻でもないのかもしれない。

しかし、その場の空気は一瞬やわらいだものの、やはりハートが自身のセキュリティを突破されたことに落ち込んでいる事実は変わりなく、弱音を吐くように、ぽつりとこぼした。

「自信、なくしました……」

「相手は相当なハッキングの腕なのか？」

「えっ……？」

「ハートのセキュリティを突破したんだろ。なら、ハート並みかそれ以上のハッキング能力を保持している人間ということになる、そうだろ？」

「そう、ですね……わたくしのセキュリティは完璧です。誰も突破は出来ないでしょう。なので、それを突破する人間はわたくし以上……そう、ハッキングの神になります」

「そんなハッカーに心当たりはないのか？」

「ありませんわ。存在すら怪しいです……」

自分より上のハッカーがいることを認めたくないのか、ハートはその存在を否定し、黙り込んでしまった。俯く彼女の首元から下がるペンダントが月明かりに照らされて光る。

「ハニートラップもダメ、ハッカーとしてもダメ……虎太郎、わたくしは、このまま気忍花にいても良いのでしょうか……」

そして、弱気に呑まれたハートがそんなことを口にした。

俺は少しの間、話すかどうか迷った末、そっと口を開いた。

「ハートが着けているそのペンダント……その中に入っている鉱石のことを、ハートは地味だと言ったな。しかしそれは、もうこの世界に存在していない失われた鉱石で、物凄く貴重なものだ」

ハートがペンダントを手に載せ、開ける。月明かりを反射した鉱石が深い碧色に輝いた。

「これがそんなに貴重なものだとは知りませんでした。けれど、どうして虎太郎がそんなことを知っているのですか？」

「それは……それが、気忍花の〝鍵〟だからだ」

「……気忍花の、鍵？」

「ちょっと貸してみろ」

俺はハートからペンダントを受け取ると、中にはめ込まれている鉱石を慎重に取り外した。

そして、その裏に刻印されている気忍花のマークを彼女に見せる。

「これは……」

俺から鉱石――鍵を受け取ったハートが、驚いたようにそれを観察する。

「なぜハートがこれを持っているのかはわからない。だが、その鍵を持っているハートが気忍花にやって来た……きっとそこには、何らかの意味があるのだと俺は思う」

「わたくしが気忍花にやってきた意味、ですか……」

「じいさんに貰ったと言っていたが、じいさんか、あるいは先祖が、過去に気忍花に関係していたという話は聞いたことないのか」

「ありませんわ。お祖父様は政治家でしたし、お父様は……政府高官で、代々政界に携わる家系だと聞いております」

「そうか……」

「でも、そうでしたのね。わたくしはここに来る運命だった……と」

話を聞いて少し気が晴れたのか、ハートは鍵をペンダントにしまい首にかけると、幾分表情をやわらかくして尋ねた。

「虎太郎は、運命を信じますか？」

「信じない」

「ふふっ、そうだと思いましたわ。ですが、きっとわたくしたちはこうして巡り会う運命だったと思うのです。……それとも、お祖父様がここへ、わたくしを導いてくれたのかしら」

そう嬉しそうに微笑むと、何やら気持ちが昂っているのか、潔癖のはずのハートが、

「虎太郎っ」

と俺の手を握り、そのまま後庭園へと引っ張っていった。

満月の静かな夜。月明かりをいっぱいに浴びる後庭園の芝生はほんのりと淡く光っていた。

夜露に濡れ、雫を輝かせる紫陽花の中で、ハートが俺を見つめた。

「お、おい、ハート、お前、潔癖のはずじゃ……」

口を開こうとすると、ハートが俺の胸に顔をくっつける。

「そうですね。でも不思議と……今だけは、こうしていたい。嬉しいんです、わたくしは」

そのまま彼女が体重をかけ、俺の体はゆっくりと押し倒された。

「虎太郎。この前わたくしがした話、覚えておられますか？　大切な思い出があるのと、最初から何も思い出がないのと、どちらが幸せなのかという話」

「あ、あぁ……」

「その答えが今宵、わかるような気がします」

「……どういうことだ」

ハートが口元に笑みを浮かべ、両手をつくと、後ろに手をついて座る俺に顔を近づけた。

「わたくしの家庭は裕福で、幼い頃からわたくしは何の不自由もなく、幸せな思い出に囲まれて生きてきました。そして七歳の頃、お父様が米国勤務となり、わたくしたち家族はアメリカへと移住。まだ幼かったわたくしは外国の学校というものに馴染めず、学校から帰るといつも一人、ＰＣで遊んでいましたわ。それでもお父様とお母様からは愛情をいっぱい与えられ、週末になれば観光地に家族で出かけたりと、幸せな毎日を送っておりました」

幸せそうに昔を語るハートは、しかしそこで、表情を曇らせた。

「ですが、わたくしが十三歳のとき、順風満帆だったわたくしの家庭は、お父様の失脚により崩壊しました」

「失脚……」

「ええ……。それからは本当に早かったですわ。お父様は毎日浴びるようにお酒を飲むようになり、それに嫌気がさしたお母様は家を出て行き一家は離散。家に居場所がなくなっていたわたくしは、学校に通いながら、ニューヨークにあるハッカー集団『世界の支配者』の拠点に入り浸っておりました。ハッカーとしてのスキルが身についたのもそのときです」

幼少期からPCに触れていたエリート高官の娘が、家庭崩壊によって、悪名高いハッカー集団へ堕ちるのも、自然な流れだったのかもしれない。

「そしてわたくしはふと思いつきで政府の情報にアクセスし、そこで初めて、お父様がスパイに嵌められて失脚したことを知りました。そのことをわたくしがお父様に問いただすと、お父様は認め、そしてただ呻くように、そのスパイの名前を繰り返し口にするだけでした」

ハートが俺の目を見据える。

「わたくしの家族は、たった一人のスパイによって崩壊させられたのです。そしてそれ以来、わたくしは、わたくしから幸せな家庭を奪ったそのスパイに復讐するため、『世界の支配者』

で培ったハッキング能力を駆使し、あらゆる情報を掻き集めました。しかしそのスパイに繋がる情報はどこにもなく、あったとしても、その名前だけ……正直、もうこんなことはやめようと何度思ったことか……。わたくしにはしっかりとしたスキルがあり、それを活かせば幼い頃からの夢である政府関係の役職にも就くことが可能でした。現に、そういったお話をいくつも頂いておりましたわ」

そう言うと、ハートはペンダントを握り締め、苦しそうに声を出した。

「ですが、気がついたときにはもう手遅れで、わたくしの中にあった幸せな思い出はいつしか呪いの鎖となり、わたくしの体に絡みついて離さなかった。そしてわかったんです。それを断ち切るには、仇を討つしかない、と。もうそれしか道は残されていませんでした。しかし米国政府に協力までしたというのに、そのスパイの情報は何一つ得ることは出来ず……結局そのスパイについてわかった有力なものは、最初から最後まで、名前だけでした。それ以外は摑めずじまい。はっきり言ってしまえば、完全に行き詰っていたんです」

そこまで話すと、ハートは夜空を見上げ、目を瞑り、ゆっくりと深呼吸をする。

「ですが今宵、運命により、わたくしはここに存在している……」

独り言のようにつぶやき、それからペンダントを手のひらに載せると、俺に言った。

「虎太郎がおっしゃった通り、このペンダントには意味があり、わたくしをここへと、あなたの前へと導いてくれたのだと思います」

　ハートは俺の目を見たまま、ロンググローブの中指を噛んで引っ張り、するすると脱ぐと、月明かりの下、微笑んだ。

「ふふっ、わたくし、そのスパイの名前を言い忘れておりましたね。それでは、わたくしの話に黙って耳を傾けてくださった虎太郎には特別に、そのスパイの名前を教えてさしあげます。……わたくしから家族を奪い、わたくしが人生を懸けて追いかけ続けてきた、その、スパイの名は——」

　彼女が素手で、俺の頬に触れる。

「風魔虎太郎」

　ゾッとするようなハートの冷たい声に一瞬の隙を見せた俺は、そして次の瞬間には、喉元にナイフを突きつけられていた。

「どうですか虎太郎。落第の烙印を押したわたくしのハニートラップにまんまと引っかかる気分は。わたくし、学びましたのよ。男性には女性の弱い部分を見せたら良いって。だからドローンを乗っ取られたと嘘をついて失敗し、落ち込んで見せたのです」

「全部、嘘だったのか」

「当たり前ですわ。わたくしのセキュリティが誰かに突破されるなんてこと、絶対にありえませんもの」

「はっ、やるな……」

「こんな状況でも、まだ余裕を見せるのですか」

素直に感心している俺に、ハートは悔しそうな表情を浮かべた。

「ですが、意外とあっさり成功しましたわね。あなたのことですから、何かしら抵抗されると思っておりましたのに。こうも簡単に出来てしまうと、何か裏がありそうな気もしますが……それとも、もしや動けない理由でもあるのですか？」

疑問を抱き、純粋な眼差しを向けてくるハートに、俺は何も答えなかった。

「まぁ、そんなこと、もうどうでも構いませんわね」

こんな状況、普段なら簡単に突破できるというのに、やはり俺の体は動いてはくれなかった。

「それではお話はここまでにしておいて……お父様の仇、討たせていただきます」

そう言うと、ハートは緊張した面持ちで、ナイフを握る手に力を込める。

そして、その刃を俺の喉元に押し当てようとした、しかし、そのときだった——。

「待ちなさい、ハート」

ハートの頭に銃口が突きつけられる。

「……レジーナ？」

ハートはナイフを俺に当てたまま、隣に立つレジーナに視線を向けた。

「ハート、ナイフを下ろして。そして、虎太郎から離れて」

「……レジーナ、お願いです。わたくしを止めないでください。この男はお父様の仇なのです」

「…………」

せっかく訪れた仇を討つチャンスをどうしても逃したくないと、ハートは懇願する。

だがレジーナは黙ったまま、銃口を動かそうとはしなかった。

「レジーナ……見逃してください」

「いいえ、ハート、見逃せない……見逃せないわ。だって――」

レジーナはそう言うと、静かに深呼吸をし、もう片方の銃を俺へと向けた。

「虎太郎を殺すのは……この、私なんだから」

「えっ……」

驚いた様子のハートに、レジーナが呆れたように笑いかける。

「まさかハートも私と同じだったなんて、全然気づかなかったわ」

「レジーナ、ではあなたも虎太郎に……」

ハートの言葉に、レジーナは無言でうなずいた。

「なんて罪作りな男なのかしら、虎太郎は」

「そう、でしたか。レジーナもわたくしと同じく、彼に大切なものを奪われたのですね」

「うん。私たちは偶然にも、この男を殺そうとしていたみたいね」

レジーナがハートを一瞥したあと、まっすぐに俺を見つめて言う。

「でも、ごめん、ハート。これだけは譲れないの。お姉ちゃんの命を奪ったこの男の命は……私が奪う。そのためにここまで来たんだから！」

銃を握る手が震え、力が入るのがわかった。こちらを見つめるレジーナの瞳がうっすらと滲んでいるように見える。

「虎太郎……あなたは、お姉ちゃんのことと関係がなかったら、たぶん、仲間思いのいいやつだった。もっと違う形で出会っていたら、ずっと尊敬出来たままだったのにって思う。……でも、やっぱり私、許せなかった。許せるわけないじゃん！　だって虎太郎は私のお姉ちゃんを殺したんだもん……。そんなの、そんなの……許せないよ」

そしてレジーナは俺に微笑みかけ、言った。

「……だから、ばいばい、虎太郎」

最後に彼女が口元で何かつぶやき、弾丸は放たれた。銃口から放たれた彼女の弾丸が俺の頭に到達するまでのその一瞬が、スローモーションのように感じる。弾丸の向こう側で、レジーナは最後の最後まで、俺から目を逸らそうとはしなかった。そんな彼女を、俺も見つめる。

そして、レジーナが俺の視線に気がつき、驚いたような顔をした、その刹那――。

目の前に眩むような閃光が走り、レジーナの顔が見えなくなった。

同時に、頬に一筋の熱を感じる。銃弾は頭から逸れ、頬を掠っていた。

それを見たレジーナは、安心したような、諦めたような顔で、口元に笑みを浮かべた。

「弾丸に弾丸を当てるなんて、なんて腕前よ……スノー」

その名を口にすると、紫陽花の陰から、スナイパーライフルを構えたスノーが歩いてくる。

そんなスノーに、レジーナは冗談交じりで尋ねた。

「スノー、まさかあなたまで、虎太郎を殺すのは自分だ、なんて言わないわよね」

「ううん、スーは言う。虎太はスーの獲物。誰にも、誰にも、誰にも虎太は渡さにゃひ……><」

「嘘でしょ……」

レジーナの口から思わずそんな言葉が漏れる。

「虎太郎……あなた、どれだけの人間の怨みを買えば気が済むのですか」

「きっと、私で最後です」

そのとき、夜闇に鈴の音が〝りん〟と鳴る。木の陰から、とうとうラビまで現れた。

「勘弁してよ、全員じゃない……」

呆れた様子でレジーナがこぼした。

ハートが俺にまたがり喉元にナイフを突きつけ、その横ではレジーナがこちらに銃口を向ける。そしてスノーはスナイパーライフルを構えたまま彼女たちと向かい合い、そんな三人とちょうどスクエアを作るような位置にラビが立った。

奇しくもこの場に集まった四人は俺を囲み、お互いに様子を窺い合ったまま黙りこくる。

それから少しして、ようやくレジーナが口を開いた。

「虎太郎は今、ハートのハニートラップで動けない状況にいて、私たち四人は、誰がこの男を殺すかでお互い譲ろうとはしないわけだけど……どうする？」

「どうすると言われましても……最初に虎太郎を捕らえたのはわたくしなのですが」

「狩りではときどき、横取りする」

「スノー、これは狩りじゃありません、仇討ちですわ」

「あ、あの……だ、誰か一人だけとなったら、私たちは虎太郎さんの命を賭けて戦わなければならないのでしょうか？」

ラビが手を挙げ、恐る恐る尋ねる。しかしレジーナはため息をついて答えた。

「ここまで来てそんな手間かけさせないでよ。それに、虎太郎に大切なものを奪われた私たちはある意味、魂の仲間よ。殺し合うなんて、ありえない」

「それもそうですわね」

「スー、みんなを撃ちたくにゃひ……＞＜」

「ど、どうしましょうか」

「じゃあ、こういうのはどうかしら。私たちみんなで、一斉に虎太郎を殺るの」

「なるほど、それは良い考えですわね」

「スー、賛成」

「私も、それで良いと思います」

こいつら、本人の目の前でとんでもない会話をしやがる。

しかしそんなことお構いなしと言った様子で結論が出ると、全員が俺に視線を向けた。

「みんな、ここまでずっと、虎太郎のことを追ってきたんでしょ。それも虎太郎のことだから情報なんて本当にわずかで……と言うか、たぶん、名前だけしかわからなかったと思う」

「は、はい……」

「スーも、虎太のこと、名前しか知らなかた」

「わたくしも、機密情報はすべて掻き集めましたが、虎太郎については名前と、スパイとしての偉業くらいしかわかりませんでしたわ」

「そう、私たちはみんな〝風魔虎太郎〟という名前だけを手掛かりに、虎太郎をずっと追いかけてきた。そして今、捕らえることが出来なかった、そんな名前だけの男を目の前にしている。それぞれ仇を討てるの。……ねえ、やっとよ、やっと――」

「解放される」

誰かから、それとも全員からか……そんな言葉がぽつりと漏れた。

「それじゃあ、みんな……構えて」

レジーナの合図に、四人全員が俺に凶器を向ける。それを確認して、俺は息を吐いた。

――ここらが潮時だろう。

「良い？　いくわよ、いっせーの――」

「虎太郎はもう、死んでいる」

今まで黙って彼女たちの話を聞いていた俺は、そこでようやく口を開いた。

レジーナが銃口を向けたまま、全員にストップをかける。

「……は？　なに言ってるの？　虎太郎、あなた、とうとう気でも狂った？　命乞いならもっとうまく――」

「虎太郎は、俺が、殺した」

「……付き合ってられないわ。みんな、構え直して」

「ま、待ってくださいレジーナちゃん」

ただならぬ気配を醸し出す俺の言葉に、深刻そうな表情を浮かべ、ラビが言う。

「『虎太郎を殺した』って……ど、どういうことですか。説明してください、虎太郎さん」

ラビに促され、俺は顔を上げ彼女たちを順に見ると、ゆっくりと口を開いた。

「お前たちは今日このときまで、虎太郎を追ってきたと言ったな。風魔虎太郎を、名前だけを手掛かりに。そして、そう名乗る俺を今、お前たちは殺そうとしている……。だがここで尋ねよう。お前たちは、風魔虎太郎の顔は見たことあるか？」

「顔なら、目の前に……」

レジーナの言葉に、何かに気づいたハートが言った。

「いえ……言われてみれば、わたくしは見たことがありません。虎太郎のことは名前だけしか」

「私も、ハートちゃんと同じです」

「スーも」

俺はレジーナを見る。レジーナも困惑したように言った。

「……私も、虎太郎の顔を初めて見たのは気忍花に来てからよ。それまで年齢すらわからなかったんだから」

「つまり、おまえたちは全員、風魔虎太郎の顔は見たことがなかった。では、風魔虎太郎と名乗る俺が、実はすでに本物の虎太郎を殺していて、そして虎太郎と偽って存在していたら……どうなる？」

「わたくしたちは名前しか知らないわけですから、あなたを虎太郎だと思うでしょうね」

「そういうことだ」

「じゃ、じゃああなたは虎太郎じゃないってこと……？　なら……なら、あなたは誰なのよ！」

俺は微かに口元に笑みを浮かべると、そっと息を吸い、そして、その名を口にした。

「……俺は、ノーフェイス」

その名を聞き、四人が驚愕する。やはり四人とも聞いたことはあるようだ。だが無理もない。組織に所属するスパイにとってノーフェイスは実体のない脅威なのだ。誰なのかも、どこに潜んでいるのかも、本当に存在するのかすら誰もわからない。見えない脅威。

「期待通りの嬉しい反応をありがとう」

「なんでノーフェイスが、こんなところにいるのよ」

「そんなの決まってる……気忍花を潰すためさ。ギフトと戦争をさせ、しぶとく生き残った、この気忍花を、ね」

「あ、あのギフトと気忍花の戦争は、本当にノーフェイスの仕業だったんですか？」

驚くラビに、俺はうなずく。

「その通りだよ」

「戦争の裏にノーフェイスが潜んでいたかもしれないという噂は聞いておりましたが、まさか事実だったとは……」

「スパイ組織を潰し回ってるスパイ……私も聞いたことはあったけど、本当にそんな人間が実在しているとはね」

「ノーフェイスの獲物は、だれ？」

スノーに尋ねられ、俺は答えた。

「あとはオーナーの住職を殺すだけだ。それで俺のミッションは完了する」

「じゃあ、本物の虎太郎さん……いえ、風魔虎太郎は……」

「すでに戦場で死んでいる。最後までしぶといやつだったが、俺がこの手で確実に仕留めた」

「不死身の虎太郎が、死んだって言うの……？」

「たとえ不死身と言われても、生き残れるわけがないだろう、あんな地獄では」

呆気にとられる彼女たちを前に、俺は続ける。

「戦場から虎太郎として帰還し、そして気忍花に潜入してオーナーの住職を仕留めるチャンスを窺っていたら、君たちがやって来た。もちろん君たちを殺すことはすぐにできたが、住職を殺らない限り気忍花は壊滅しない。俺が住職を始末したあと、壊滅した気忍花にそれでも残っていた者だけを片付ければ良いわけさ」

「だからわたくしたちを殺さなかったと……」

「そして私たちはあなたが虎太郎だと思い込み、殺そうとしていた」

俺はうなずいた。

「君たちには無駄なことをさせてしまって申し訳ないと思っている。そして虎太郎の命を奪ってしまってすまない、こちらも謝ろう」

それから俺は、彼女たちに改めて言った。

「だが風魔虎太郎はもう、この世にはいない」

それを聞いた四人の体から、見る見るうちに力が抜けていく。その様子を俺は一瞬たりとも見逃さないよう、瞬きをせず観察した。彼女たちは本当に、嘘偽りなく、皆、安心しきっているようだった。その姿から、彼女たちの虎太郎への恨みは本物で、虎太郎だけが仇だったとわかった。そう、彼女たちの目的は最初から、虎太郎だけ……。

先ほど俺が、自分がノーフェイスであるという嘘を口にしたときと、そして今のこの様子を見て、俺は確信した。

この中に、ノーフェイスはいない。

彼女たちは俺の命を狙ってはいたものの、ノーフェイスではなかった。そうなると最初から、気忍花にノーフェイスは潜んでいなかったのかもしれない。

その考えに至り安堵する。しかしそこで、俺はふと引っかかった。

──風魔虎太郎を仇とする女スパイが、これほどまでに、一堂に会するだろうか？

それも彼女たちは風魔虎太郎に関する手掛かりは名前のみだけだと言った。そんな情報不足のスパイたちが、こうも同じタイミングで気忍花に集う……。

それはあまりにも不自然であり、何かがおかしかった。

それに、ノーフェイスがいないのならば、最初の襲撃はどう説明する……？

もう一度よく考え、そして俺は、ようやくその答えに辿り着く。

ノーフェイスが、彼女たちよりも前にこの気忍花に潜んでいた、ということに。

そしてノーフェイスは、虎太郎に恨みを持ったこの四人を気忍花に引き込んだ。

つまり、彼女たちをスカウトしたその人物こそが、ノーフェイス……ということになる。

その、彼女たちを気忍花にスカウトした人物、それは、住職――。

「……いや、違う――！」

瞬間、近くの木から何者かが飛び立つ音がきこえた。その直後、満月に映った人影が、俺目掛け空から降って来る。その手にはきらりと光るナイフが握られているのがわかった。

「おめでとうございます、虎太郎さん」

そして着地と共に、勢いよく顔面に突き立てられるナイフ。

しかし俺は、そのナイフの刃を歯で噛み締め、受け止めた。

「……あはは、やっぱり、そう簡単にはいきませんか」

情けなさそうにそんなことを口にする目の前の人物を見る。

「……すずめ」

そこには俺にナイフを突き立てたまま、朗らかに笑う三廻部すずめの姿があった。

俺は刃を噛んだまま、顔を横に向け、彼女からナイフを奪い取ると、それを吐き捨て言った。

「いや、ノーフェイス……」

「もう、気づくの遅すぎですよ、虎太郎さん。こんなにもずっと、傍にいたのに」

気忍花のオペレーターであるすずめが俺にナイフを突き立てるという状況に、他の四人はまだわかっていないようだった。しかし俺がすずめを「ノーフェイス」と呼び、すずめが俺を「虎太郎」と呼んでいることに気がつくと、ようやく先ほどした俺の話がすべて嘘だと理解したようで、彼女たちはこちらに凶器を向けた。

「ハートちゃん、レジーナちゃん、スノーちゃん、彼はノーフェイスではありません」

「どうやらそうみたいね。というか、少し考えればわかることだったのよ。もし虎太郎の言ったことが本当なら、顔の違う男が帰ってきたら真っ先にすずめも住職も気づくはずだわ」

「まぁ、本物の虎太郎に変装していたと言いましても、この状況が答えを物語っていますわね」

納得したように、そしてまんまと騙されたことに悔しそうに、全員が再び俺を取り囲んだ。

俺一人に全員が凶器を向けているその光景を前に、レジーナが確認するように口を開く。

「状況が混乱していて、すずめがノーフェイスだかなんだかわからないけど、とりあえず虎太郎以外はこの場の全員、利害は一致してるみたいね」

俺を除いたその場の全員がうなずく。

「虎太郎を……殺す！」

そして、今度はその掛け声が合図となり、全員が一斉に攻撃を仕掛けてきた。

瞬間、俺は高く飛び上がると見せかけフェイントをかけると、深く身を屈め、彼女たちの足の間をすり抜けた。案の定、上に逃げると予測したレジーナ、スノーの弾丸が夜空目掛けて虚しく空を切る。

「逃がさないわよ！」

通り名持ちの四人と、いくつもの組織を壊滅に追い込んできたノーフェイスを相手に、俺は夜の境内に走り出した。

「さて……」

彼女たちを撒くと、俺は物陰に隠れ、辺りを窺った。と、そのとき――。

「や、やった……！　捕まえました……！　虎太郎さん、私の勝ちです！」

背後を取り、後ろから俺の首元にナイフを突きつけたラビが得意げに口を開いた。

「私がずっと後を追っていたの、気づきませんでしたね？」

「いや」

「えっ？」

「……ラビ、言っただろう、任務時はあれほど鈴を着けるなと。鈴の音でずっとバレていたぞ」

「あっ……！　う、うぅ……じゃ、じゃあ、気づいていたんですか」

「当たり前だ」

「な、なら、なぜ私に背後を……？」

こちらの意図が読めず、恐る恐る尋ねてくるラビに、俺は身を屈め、そっと口を開いた。

「それは、こうするためだ」

た。

「へっ……？」

「落ちるなよ」

瞬間、俺は背中にラビを乗せたまま夜空目掛け、十四メートルほどの高さまで飛び上がった。

「ひゃ、ひゃあ……っ！」

そして、持っていたナイフを手放し、必死にしがみついてくるラビに言った。

「今ここで俺が姿を消したらどうなる？」

「す、姿を消したら……？」

すると下から、落下したナイフが石畳に当たった硬く冷たい音が響いてくる。

その意味を彼女が理解すると同時に、俺は言葉通り、煙のように己を霧散させた。

「こ、虎太郎さん……！」

地上から十四メートルほどの空中で、しがみつく対象を失った彼女は一人となる。

無論、そこから落下し地面へと激突すれば、あのナイフのように、ひとたまりもないだろう。

「ひっ――……た、助けっ――！」

恐怖のあまり言葉が途切れ、地上へと一直線に落ちていくラビ。

そんなラビの様子を下から見上げていた俺は、彼女の体が地面に落ちる寸前で受け止めた。

ラビの顔を見る。目をぎゅっと瞑り、身を縮ませていた彼女はそこで目を開け、自分が生きていることに気づくと、俺の顔を見て、途端に目に涙を滲ませ始めた。

「ほ、ほんとに死んじゃうかと思ったああああ〜！　わぁ〜ん……！」

……少しやり過ぎたか。

そんなことを考え、俺は泣きべそをかくラビをその場に下ろした。


「……そこか！」

遠く離れた草陰から放たれたスナイパーライフルの弾丸を斬り落とすと、俺はスノーの位置を特定し、遮蔽物が何もない石畳の道を、彼女の下へと一直線に歩き始める。

「虎太、自分から狩られに来るの、頭悪い」

スノーがぽつりとこぼし、自分へとゆっくり歩いてくる俺の頭目掛け弾丸を放つ。しかし弾丸は俺の目の前で再び火花を散らすと、真っ二つに斬り裂かれ地面へと転がった。

続いてスノーは頭、そしてすぐさま足へと、常人にはこなせない早業で二発撃つも、俺は同じようにそれらを刀で弾き、火花を散らした。

脇目も振らずゆっくりと歩いてくるイージーな的となった俺に、しかし一発もダメージを与えられないことにだんだんと焦りを見せ始めたスノーは、とうとう自らも草陰から姿を出し、石畳の道から俺を狙い、弾丸を繰り出す速度をただひたすらに上げていく。

そして俺は、そんな彼女の放つ弾丸を愛刀『六道』と脇差『雪鳴』の二刀流で確実に弾き、夜闇に火花を散らしながら、彼女との距離を着実に詰めていった。

「タイムオーバーだ」

スナイパーライフルを構えるスノーの前に立ち、たっぷりと猶予のあった時間内に彼女が俺を仕留められなかった事実を告げる。

圧倒的優位にいたはずのスノーの顔には、獲物に追い詰められた小動物を思わせるような絶望の表情が浮かんでいた。それは白い死神と呼ばれるほど恐れられていたはずの己の腕に対する自信の喪失によるものか、あるいは、今まで遭遇したことがなかった未知なる存在を目の前にした戦慄によるものか。

「さすがに良い腕だ。頭、足、手首、肩……そのすべてを正確に、そして迅速に捉えられている。しかしその寸分の狂いもない正確さゆえ、弾くことも容易い」

「……スナイパーにとって、正確さは、絶対。普通の人間は弾丸を弾かない……スーの弾丸を弾く人間なんて、虎太くらいしかいにゃひ……！」

負けを認め、戦意喪失したスノーはその場で潔くスナイパーライフルを下ろした。

前方から編隊を組んだドローンがこちらに向かってくるのが見えた。灯夜殿襲撃の際、ドローンをすべて失い、攻撃手段がなくなったため、ハートにはもう成す術がなくなったと思っていたが、そうでもないようだ。

「ドローン、あれが全部じゃなかったのか」

「そんなわけないじゃありませんか。ハッカーはいつだって、バックドアを仕込んでおくものですわよ」

「はっ、元気そうで何よりだ」

ドローンから聞こえてくる彼女の音声と言葉を交わした直後、ドローンに搭載されたガトリングガンが音を立てて回り始める。

俺はそれを確認すると、見晴らしの良い後庭園まで移動し、その真ん中に立った。

「油断しましたか、虎太郎。ですがもう、逃げられませんわよ」

ハートの言葉通り、ガトリングガンを搭載したドローンが俺を囲む。頭上にはC4搭載の自爆型ドローンが待機し、完全に包囲されていた。この数のドローンからの銃撃を刀で弾くことはできない。どれか一台を斬りに掛かれば他のドローンからの銃撃をもらう。自爆型ドローンがあるため上にも逃げられない。状況はまさに、ハートの勝ちが確定しているように見えた。

「ハート、俺に弾を当てられるか？」

「舐められたものですわね……正直、あなたの人となりを多少なりとも知ってしまい、跡形がなくなるまで銃弾を浴びせるのは少々心苦しいものがありますが……これも運命ですわ！　覚悟なさい、風魔虎太郎！」

彼女の掛け声と共に、ガトリングガンの銃撃が俺を目掛け一点に集中する。そこへ容赦なく、自爆型ドローンの追加爆撃が下された。それは、たった一人の人間に対する攻撃量をはるかに超えており、その銃撃はすべての弾が尽きるまで数分間に渡って続いた。確実に仕留めるためのオーバーキルだった。

「……どうだ、当たったか？」

銃撃が止み、俺はハートの隣から、ノートPCの画面を覗き込み彼女に尋ねる。

「いえ、当たっているはずですのに、なぜか手ごたえがまったく……え？」

キツネにつままれたような顔で、ハートがこちらに振り向く。

それからすぐに画面へと視線を戻し、たしかにそこに映っている、煙の中の人影を凝視した。

「そんな、虎太郎が……二人いるなんて、こと……」

「それは俺の幻影だ」

銃撃と爆発による煙が風に乗って流れていき、そこに映っていた人影も霧散していった。

「いわゆる、変わり身の術。忍術の基本技だ」

俺はその変わり身に幻影を使う。

「そんなの、フィクションのなかだけにしてくださいまし……」

「悪いな」

俺は刀を抜き、その刃先を彼女のノートＰＣに向ける。しかしすぐに考えを改め納刀した。

「……斬りませんの？」

「高いんだろ、それ」

「そうですが……」

「それに、ドローンの弾はもうすべて撃ち尽くした。攻撃手段も残ってはいまい」

そう言うと、俺は唖然とするハートに背を向けた。

「灯夜殿の前に来い。そろそろ全員、集まって来るはずだ」

「へ……？」


こちらの姿を見失い、灯夜殿の陰に身を隠しているレジーナを確認すると、俺は彼女の頭上の屋根から飛び降り、その手に握っていた拳銃を真っ二つに斬った。

「そこねっ！　――あ、あれ？」

俺の気配に気がついたレジーナがすぐさま銃のトリガーを引く、しかし――。

「わ、私の銃が……」

真っ二つに斬られた愛銃を見て、彼女は膝から崩れ落ちた。

そんなレジーナに、俺は脇差『雪鳴』を取り出すと、それを彼女の前へ放った。

「……なによ、これ」

雪鳴を両手で拾い上げ、レジーナが顔を上げる。

「アルマ・レジーナよ……そいつで俺を、斬ってみせろ」

俺の言葉に、レジーナは雪鳴を握り締め、俯いた。

「ふっ……ふふっ……ふっふっふっふっふっ……あっはっはっはは！」

そして込み上げるかのように笑い声を上げると、ゆっくりと立ち上がり、鞘から刀を抜いた。

「いいわよ、やってやろうじゃないの。私に武器を渡したこと、後悔するといいわ！」

素早く、淀みのないまっすぐな斬りつけを、俺は瞬時に六道で弾く。そして後ろに下がった彼女がまだ手に雪鳴を握っていることに「ふっ」と微かに笑みを浮かべた。普通の人間ならば、この弾きの反動に耐えられず武器を手放してしまうが、やはり彼女の名は飾りではないようだ。

「余裕ぶっこいてんじゃないわよ！」

雪鳴による斬りつけ、その直後に連なる回し蹴り、そして間髪入れずに繰り出される急所を狙った連続の突き……そのバラエティ豊かな攻撃方法を、俺は弾き、躱し、叩き落とし、防いでゆく。

「レジーナ、刀より小回りが利く脇差のほうが近接戦闘では有利だ」

「わかってる……っわよ！　でも、なによ！　なんで、当たら、ないの、よ！」

レジーナが必死に傷を付けようと雪鳴を振るが、俺はそれらをすべて弾いた。

やがて疲れた様子で息を切らし、攻撃の手を止めたレジーナに、俺はぽつりと口を開いた。

「……わかった」

そして六道を鞘に納めると、それを腰から外し、遠くに置いた。

そんな俺の様子を見たレジーナが体を震わせる。

「あったまきた……絶対、殺してやる……！」

先ほどよりも斬撃の速度が格段に上がったレジーナが、目を月明かりに光らせ攻撃してくる。

速さゆえ、その光が残像となり、夜闇に彼女の軌道が描かれる。

俺はそんな彼女の攻撃を視覚で捉えながら、一つ一つ確実に避けていく。

やがて彼女の刃先がようやく俺の首筋を捕らえた。

「ほんとに、バカなんだから」

一瞬、彼女がそうこぼし、俺の首筋に横一閃を描く。

「終わりね、虎太郎」

俺に背を向け、レジーナがつぶやいた。そんな彼女に俺は答えた。

「……あぁ、上出来だ」

「──⁉」

首を斬られたはずにもかかわらず、俺が普通に喋れていることに驚いたレジーナがこちらへ振り向く。

「な、なんで……」

そして、俺の首筋から一滴たりとも血が流れていないことに動揺を見せた。

そんな彼女に、俺は自分の手に握っている雪鳴を見せた。

「えっ……」

それを見たレジーナが自分の手元に視線を下ろす。そしてそこに握られていた雪鳴——ではなく、紫陽花の切り花をまじまじと見つめ、言葉を漏らした。

「そんな……いつ……」

レジーナの手から紫陽花の切り花が落ちる。

俺はそんな彼女を横目に、遠くに置いていた六道を拾いに行き、それから雪鳴を鞘に納めると、再び彼女の前に立った。

「おまえたちの負けだ」

「負けた……いや、まだ、私以外にもいるわ！　スノーも、ハートも、ラビも！」

そこまで言いかけ、レジーナはふと疑問を浮かべ、訝しんだ。

「いるはず……なのに、どうして私が戦っている間、援護の一つもなかったの。虎太郎はここにいたのに。私の相手をしている間に攻撃も出来たはず……なのに、どうして……。彼女たちは、私が戦っている間、何をしていたの……!?」

そう口にしたレジーナが、気配に気がつき顔を上げる。

するとそこには――灯夜殿の前には、戦意喪失したエージェントたちが集って来ていた。

様子のおかしい彼女たちの姿を見てレジーナが声を震わす。

「なによ、これ……いったいどういうことなの。どうしてみんな、こんなボロボロなの……？」

「レジーナが戦っている間、他の三人も同じように戦っていたからな」

「誰と!?」

「俺と、だ」

混乱するレジーナ、そしてラビ、スノー、ハートの前に、俺は彼女たちそれぞれの相手をした、四人分の自分を出現させた。

「影分身をし、全員同時に相手をした」

「そんな、バカな……」

ネタばらしをされ、レジーナが愕然とし、膝から崩れ落ちる。

「これが虎太郎の……戦闘能力……。こんなの、勝てっこないじゃない……」

そう、これこそが、風魔虎太郎の本来の戦い方だ。最初の襲撃は新人エージェントの実力を測るため能力を使わず、それ以降も俺はある懸念から極力、隠し続けた。

ノーフェイスが交じっているかもしれないのに、己の手の内を易々と見せつけはしない。

見れば他の三人もレジーナと同様に、疲れ果てた様子を見せていた。

「笑っちゃうくらい、強いですわね」

「スーの弾、ぜんぶ弾かれた……」

「通り名持ちの私たち四人が束になっても、傷一つ付けられないなんて……」

それぞれ口にしながら、ふらふらと周りに集まってくる彼女たちに、俺は言った。

「勝てるはずがないだろ。くぐってきた修羅場の数が違う」

それから俺は、先ほどからまったく戦いに参加してこなかったすずめに目を向けた。

「どうやらノーフェイスは、戦闘力に関してはほぼ皆無と言っていいようだな。先ほどもそうだったが、ナイフの持ち方さえ、ままなっていない。組織中枢に侵入し、内部から崩壊させていくのが主なやり方か」

すずめは悔しそうに拳を握ると、それから力を抜き、いつの間にか拾っていたナイフを再び地面に落とした。世界中から俺に恨みを持つ通り名持ちを集めたというのに、俺を倒すことが出来なかった事実に絶望しているようだ。

一方こちらはノーフェイスの正体がわかった以上、もはや脅威ではなくなっていた。

「しかし、まさかすずめがノーフェイスだったとはな……あの戦争も、全部お前が仕掛けたものか」

尋ねると、すずめは隠すことなく認めた。

「はい、私がやりました。ギフト側を扇動し、B9に加盟する二つのスパイ組織……ギフトと気忍花を同時に潰せる、一石二鳥の作戦のはずでした」

それから彼女は、俺に目を向けて言った。

「なのに、虎太郎さんは帰ってきた」

「帰って来たら、悪かったのか」

「当たり前じゃないですか。あの戦場から、あなたが生き、そして帰ってきたおかげで、気忍花は存続してしまった。……あなたがいる限り、この気忍花は、壊滅したことになりません」

いつかのようにそのセリフを述べると、すずめは訴えかけるような瞳で俺を見つめた。

「風魔虎太郎さん……あなた一人のせいで、計画はすべて台無しになってしまったんです」

残念がると言うよりは、どこか怯えた様子の彼女に、俺は低い声で尋ねた。

「……あの戦場で、本当は何があったのか、お前は知っているんだろ？」

その問いかけに、すずめは一呼吸置いて、顔を俯かせた。

「……もちろん、把握しております」

「ちょ、ちょっと待って。本当はって、どういうことよ？　気忍花とギフトの戦争で何があったの？」

俺はレジーナを一瞥すると、彼女たちにあの戦場での出来事を語った。

「……そんなことが」

俺はすずめに視線を向け、続けた。

「気忍花とギフトのエージェントたちは皆、これがノーフェイスによる扇動だと気づいていた。つまりあの時点ですでに、ノーフェイスの計画は破綻していた。修羅憑きさえ現れなければ、俺たちは絞り込みに成功し、いずれノーフェイスを捕らえていただろう」

「いいえ、違います、虎太郎さん」

しかしすずめは、それを否定した。

「それもすべて、私たちの計画通りです」

「私たち……だと？」

「……私は……私の役目は、戦争を起こすことではありません。二つの組織の実働部隊を扇動し、ただあそこに、全員を集めるだけ……全員いれば、良かったんです……」

「戦争を起こすことが目的ではなかった……？　なら、いったい……」

「全員集めれば、あとはすべて……」

その言葉を聞き、ようやく俺は、修羅憑きがあの場にいたことが偶然ではないことを知る。

「虎太郎さん」

そのとき、すずめはふと、悲しげな声で俺の名を呼ぶと、疲れ切ったように微笑んだ。

「あの修羅憑きは……私の兄、八角鷹です」

「なっ……」

瞬間、俺は言葉を失った。

すずめの兄であり、そして俺の憧れだった、気忍花の伝説のエージェント――八角鷹。

「八角鷹が、修羅憑きに堕ちた……だと」

愕然とする俺を見て、苦しそうな表情を浮かべると、すずめは目を伏せる。それから彼女は、任務中、何者かに殺された兄が、怨嗟の黒炎を纏った修羅憑きとなって蘇り、自分に接触してきたことを暗い声色で語った。兄の死と、その兄が変わり果てた姿で自分の目の前に帰ってきたときに感じたすずめの悲しみと恐怖は、少女の心を壊すには充分すぎるほどのものだった。

「だが修羅憑きは、己を殺した人物への復讐を果たせばすぐに消滅するはず……。そしてノーフェイスの活動開始が二、三年前……。そんな長い間、この世に存在し続けるなど不可能だ」

「……兄は、誰に殺されたのかわかっていません」

すずめがぽつりとこぼした。

「兄は、多重スパイでしたから」

どうやら八角鷹は、気忍花の他にも様々な組織との繋がりを持っていたようだ。そして、何者かの裏切りにより殺された。おそらくその何者かは、彼が多重スパイだと気づき、彼の隙を突いて殺したのだろう。しかし多重スパイであるがゆえに、どこの組織の人間が彼を殺したのか特定が困難となった。

「だからこうして、兄の関わっていたスパイ組織を一つ一つ潰しているんです。そしてその人物に当たれば修羅憑きは……お兄ちゃんは、消滅します」

「修羅憑きの消滅……それが、ノーフェイスの目的」

すずめはそれが不本意であると言いたいかのように、ぎゅっと目を瞑った。

彼女は直接手をかけていない。しかし兄を幇助し、結果的に大勢が兄に殺されてしまったことは事実だ。その罪の意識は、齢十五の少女にはあまりにも重くのしかかる。

「私だって他の方法を模索しました。最初は何度も説得を試みました。私の中のお兄ちゃんはとても優しい人だったから、話せばわかってくれるはずだって、そう思ってた……でも、私の言葉は届かなかった」

それからすずめは、最初の目標となったスパイ組織に入り込んだあと、兄に内緒で、組織のエージェントたちに兄が修羅憑きとなったことを打ち明け、討伐してほしいと頼んだと言う。

「皆さんは私のお願いを聞いてくれて、全力を尽くしてくれました。しかし……」

最終的に、兄だけが自分のもとへと帰ってきた。

「積み重ねられたエージェントたちの死体の山と修羅憑きとなった兄を見て、そのときわかったんです。ああ、きっとこっちが、お兄ちゃんの本当の顔なんだ……って」

そしてすずめは最初こそ、修羅憑きを討伐さえ出来ればそれで終わると思い込んでいたと話した。しかし後に、現存している修羅憑きについての資料や記録を調べた結果、彼女は絶望した。

「現存している記録には、今まで一度たりとも修羅憑きを討伐出来た者はいないと、そう記されていました。そして、たとえ修羅憑きを討伐出来たとしても、修羅憑きは再び蘇り、今度は最初に自分を修羅憑きに堕とした者と、そして新たに修羅憑きの自分を殺した者、その二つの人間を追うことになるだろう……と」

つまり修羅憑きを討伐しても、それはただ、修羅憑きの怨嗟が募るだけで無意味……。

修羅憑きを消滅させるただ一つの方法は、己を修羅憑きに堕とした者を殺し（あるいはその人物が死に）、その怨嗟を晴らさせるのみ、だと言う。

その瞬間、すずめはすべてを諦め、兄に怯えるように次の組織へと移って行き、影に隠れる兄の命令通りに動いた。ゆえにノーフェイスだけが〝数々のスパイ組織を潰してきた凄腕スパイ〟と有名になっていき、誰もその裏に修羅憑きがいたことを見抜けなかった。

もとより、見抜いたとしても殺されて終わりだが。

「修羅憑きとなった兄を消滅させるにはこれしか最善策がないんです。とにかく兄を修羅憑きに堕とした人物を兄に殺させ終わらせる……関わっていたスパイ組織を渡り歩いていればいずれその人物にも当たるでしょうから……」

そこまで話すと、すずめは顔を上げ、俺に目を向けて言った。

「これでわかりましたよね、虎太郎さん。あなた一人のせいで、今までの犠牲が、私たちの……いえ、兄の計画がすべて台無しになってしまったと言った意味が」

「すずめは俺が素直に、修羅憑きに殺されておくべきだった、と言いたいのか？」

尋ねると、彼女は否定も肯定もせず続けた。

「本来ならば、虎太郎さんが帰って来なければ、こんなに、こじれることはなかったんです。気忍花の実働部隊を殲滅し、最後に住職さまを仕留めればそれで終わりだったんです」

〝私だって本当はそんなこと望んでいない〟という言葉を彼女は一言も口にはしなかった。

そして、その言い訳をしないことが、より、彼女の心の内を露わにしていた。

すずめはもう、腹をくくっているのだ。修羅憑きとの心中を……。

不憫な女だ。そして、強い女でもある。

「はっきり言って、修羅憑きが殺された今、私にも今後、どうなるかわかりません。記録には再び蘇り、二つの人間を追うことになると記されていましたが、それはあくまでも予測に過ぎません。なぜなら今まで、修羅憑きを討伐した者がいないとされていましたから……」

だが、そんな修羅憑きを、俺が殺してしまった。

「人でなく、修羅憑きとして殺された兄が次に蘇ったとき、以前と同じように接することが出来るのか、それすらも定かではありません。怒りのあまり暴走し、我々以外の、一般の方々に被害が及ぶ可能性だってあります。修羅憑き殺しは、誰も成しえなかった未知の領域ですから」

「だからそれを修正するため、何としてでも俺を殺す必要があった……と」

「虎太郎さんが殺されれば兄の怨嗟が一つ消えたことになり、軌道修正され、そうすれば以前と同じ状態の兄のまま蘇るのではないかと……もちろん、これも希望的観測ですけど」

それでもすずめは少しでも懸念をなくすため、そう動いた。

「しかしそれも、こうして失敗に終わりましたけどね」

「だが、必ずしも暴走するとは限らないんだろ？　そもそも修羅憑きとして殺された場合、再び蘇るのかも誰も知らない。そんな不確定な状況で、俺を殺そうとしたのか」

「その可能性だってあります。だからと言って、何もせず待つ人間がいますか。最悪の可能性を考え、未然に防ぐ……それが、スパイの流儀というものでしょう？　それはあなたが一番わかっているはず。懸念の芽はすべて摘み取っておく。事が起こってからでは遅い……と」

「まぁ、その通りだな。修羅憑きという化け物が生まれた道理を考えれば、蘇らないということはまずないだろう。そして、怨嗟に突き動かされる修羅憑きが殺されれば、より怨嗟を増大させ蘇ることも想像に容易い。最悪、増大した怨嗟に呑み込まれ暴走もありうる」

おそらく、もしも俺がすずめの立場だったとしても同じことをしただろう。たとえ俺を殺すことに意味がなかったとしても、可能性があるならば試す価値はある。

「なるほどな……」

俺は呆れたようにこぼし、納得した。そして、修羅憑き殺しの代償についても。

これから俺は、永遠に、修羅憑きに堕ちた八角鷹に追われ続けることになるようだ。

思わず、「ふっ……」と、皮肉な笑みがこぼれた。

それから俺は、最後に疑問を投げかけた。

「しかしすずめ、お前はずっと気忍花にいたはずだ。それなのに、どうやってギフトを扇動していた？　ドイツへ行っている様子などなかった気がするが」

「気忍花に来る前に仕込みをしておいた、とだけ言っておきます。兄は多重スパイでしたので、外国にも顔が利いていましたから。兄を知る組織には簡単に入ることが出来ましたよ。気忍花みたいに」

すずめは八角鷹の妹という立場を利用して彼の顔が利く組織に潜入し、工作をしてきたようだ。最初から何でも出来て有能だと思っていたが、天性のものではなく、組織を渡り歩いて身につけてきたたしかな技術だったというわけだ。

「なるほど、遅効性の毒といったところか……。他にも、そういった仕込みをしている組織はあるのか？」

「虎太郎さん、私はスパイですよ？　スパイがそう簡単に情報を吐くと思いますか？」

「いや、思わない。だが、あえて訊く」

まっすぐに見つめる俺の視線に、すずめは小さくため息をついて答えた。

「……普通は教えませんが、この際だから、虎太郎さんには特別に教えてあげます。ありません。もちろん仕込みの予定がないわけではないです。しかし本来その計画は、気忍花の壊滅が成功したあとに実行する予定でした」

「そうか」

何も感情を込めず、俺は彼女に言った。見れば、すずめの話を聞いた他の四人は、またしてもたった一人の男によって一つの計画が潰えたことを知り、絶望しているようだった。

「せっかく……せっかく虎太郎を見つけたって言うのに傷一つつけられないなんて……こんなの、ありえないわよ……」

「そうですわね。わたくしたちは皆、必死にやりました。しかし、傷一つつけられなかった。それどころか、もはや虎太郎にとって、わたくしたちは戦いにすらなっていなかったのかもしれませんわね。虎太郎は、正面から戦って良い相手ではなかったように思えます」

「……でも不意打ちが通る相手でもなかったです。何度か隙を狙って不意打ちを試そうとしたけど、虎太郎さんには隙らしい隙がなかった。きっとみんなも彼の隙を一度は狙ったはずです。そして失敗したはずです。だから、私たちには……最初から勝ち目なんてなかったんです」

「虎太は、スーの知ってるような人間じゃ、にゃひ……><」

沈黙が広がる。

「風魔虎太郎はあまりにも人間離れしている……だけど、それもそのはずですわ。だって彼は、修羅憑きに勝ったスパイだったんですもの。無理に決まってます。そもそも人間が勝てる相手じゃないのかもしれませんわね……」

ハートはそう言うと、俺に顔を向け、尋ねた。

「それで虎太郎、どういたしますの。このままじゃ埒が明きませんわ」

「殺すなら早くしてください」

諦めたようにそんなことを口にするラビに、俺は言った。

「……殺しはしない」

「な、なによ……」

すると、レジーナが声を震わせた。

「なによ、虎太郎……私たちには、殺す価値もないって、そう言いたいわけ……!?」

そしてレジーナは声を荒らげると、不甲斐ない自分への怒りに身を任せ、考えもなしにこちらへ突っ込んでくる。俺はそんな彼女の手を摑み、容易く動きを止めた。

「あなたが……あんたがお姉ちゃんを殺したんだ……っ!!　だったら同じように、その手で私も殺してよ！　楽にして！　解放してよ！」

レジーナの叫びに、絶望し、戦意喪失していた全員が何かを思い出したかのように、武器もなしに俺に向かって来る。

そんな彼女たちの怒りも、俺は真っ向から受け止めた。

「私はあなたを殺せない！　ならあなたが私を殺しなさいよ！　スパイならそうしなさいよ！

そうでしょ虎太郎！　虎太郎！　バカ虎太郎！」

「わたくしも虎太郎を殺すためにここへ来ました。なのにそれが叶わないのなら、もう意味がありません。なら、わたくしから家族を奪ったように、わたくしの命もその手で奪ってみせなさい、虎太郎！」

「そうです、やってください、虎太郎さん！」

「負けたら食べられる。それが自然の掟！」

殺せないなら殺して楽にしろと、四人が理不尽な要求をしてくる。

しかしそんな四人に向かって、すずめはひどく冷静な声色で言った。

「皆さん、無駄です。虎太郎さんは、あなたたちを殺しませんよ」

「どうしてよ！　自分の命が狙われてるって言うのに、なんで傷一つつけてこないのよ！」

「なぜなら虎太郎さんは、依頼以外での殺生はしない……彼は、そういう人間です」

すずめのその言葉を聞いて、四人は力なくその場にへたり込んだ。

「……そんなの、卑怯です」

もどかしく、悔しそうに、しかし納得したようにこちらを見る彼女たちを、俺は見た。そして風魔虎太郎が成してきたことを、今一度、瞳に焼き付ける。風魔虎太郎は、彼女たちの大切なものを奪ってきた。それがたとえ、正義の名の下に行ったものだったとしても、風魔虎太郎は彼女たちの人生を奪い、彼女たちを駆り立てた。

虎太郎を殺し、仇を取るという、彼女たちの執念をこれほどまで燃やすほどに。

風魔虎太郎が成してきたことは、あまりにも罪深い。

「……コホン、ちょっと、よろしいかな」

そのとき、闇の中から不意に、気配すら感じさせず、住職が俺たちの前に姿を現した。

そして住職は全員の視線が自分に集まったのを確認し、また一つ咳払いをすると言った。

「虎太郎、そして少女たち、話は全部聞かせてもらった。いろいろと、ご苦労だった」

すべてが終わったと見た住職は、疲れ切った様子のエージェントたちに微笑みかける。

それから住職はすずめに顔を向けると、ひどく落ち着き払った声で尋ねた。

「さて、すずめよ。お主のノーフェイスとしての計画は虎太郎を討つことに失敗し打ち砕かれたわけだが、このあとはどうするつもりか、考えを聞かせてもらおうか。このまま諦め、修羅憑きである八角鷹の蘇りを待つのか、それともこの状況を打開する策を考えているのか」

住職にそんなことを訊かれ、すずめはその場で思考を巡らし始める。

どうするもこうするも、彼女たちはもう、誰もが俺を討つ方法がないとわかっている。そんな状況で、今後を聞いてどうするつもりなのか。

そんなことを思っていると、それからすずめは少し間を空け、ゆっくりと口を開いた。

「たしかに、私たちではどうやっても虎太郎さんには勝てない。だけど、私の考えは間違ってはいなかったはずです」

「……考えとな」

「はい」

　すると、すずめが顔を上げ、確信めいた眼差しで俺を見つめる。

「虎太郎さんは、女性が苦手」

「ほう……」

　住職が興味深そうにこちらに視線を寄こした。俺は黙ったまま、すずめを見据え返す。

　どうやらすずめは気がついていたようだ。なるほど、だから新しいエージェントが全員、女だったというわけか、と俺は一人で納得した。

「しかしすずめ、もし仮に、虎太郎が女子が苦手だと言うのなら、最初からハニートラップが得意な人員を用意すれば、それで事足りたのではないか？」

　住職の質問に、すずめは首を振った。

「いいえ、住職さま。それではいけません。なぜなら、新しいエージェントたちが何の脈略もなく最初からハニートラップを虎太郎さんに仕掛けようとすれば、虎太郎さんはそれを誰かの差し金だと気づき、警戒して、彼女たちとの交流を拒みます」

「ふむ……」

「それに私の計画の第一段階は、一番最初に、ハートさんとスノーさんに虎太郎さんを襲撃させるというものでした。そこでハートさんとスノーさんが虎太郎さんを討つ、あるいはレジーナさんとラビさんが背後から不意打ちを仕掛け虎太郎さんを討つことが出来れば、それで終わりです。しかしこれは悪手でした」

「なるほど、それですずめは、計画の第二段階として、ハニートラップに移ったわけ、とな」

「はい。真っ向から、そして背後からの攻撃も通用しない虎太郎さんの隙を作る唯一の手段は、やはり女という武器を生かしたハニートラップのみだと。しかし先ほども述べた通り、それに手慣れた人間では最初から虎太郎さんは近づかない。そこで私は、ハニートラップに不慣れな四人にあえてハニートラップの訓練をさせ、その教官役を虎太郎さんに頼みました。そして虎太郎さんは何の疑いもなく彼女たちの訓練に付き合い、訓練以外でも、彼女たちとの距離を縮めていき――」

すずめはそこで一つ呼吸を置くと、続けた。

「思惑通り、虎太郎さんはハートさんのハニートラップに一瞬の隙を見せ、窮地に陥った。虎太郎さんの防御を崩したのです。油断していたとは言え、どうして虎太郎さんがあんなにも簡単にナイフを突きつけられるまで何もしなかったのかは正直わかりません。しかし、もしもあそこでレジーナさんたちが来なかったら、あったかもしれない……」

すずめが微笑む。

「虎太郎さんが、討たれる未来が――」

彼女の不敵な笑みと、そしてハートのナイフが首元を冷たくなぞったあのときの感触を思い出し、鳥肌が立った。だが幸いにも、すずめにはまだ、女を前にしたとき、俺の体が動かなくなるということまでは知られていないようだ。

「なるほど。ならばすずめ、このあとの一手は……」

「はい、住職さま」

住職に、すずめがきっぱりと答えた。

「私、三廻部すずめは、ハニートラップの訓練の継続を希望します」

すずめの放ったその提案に、住職を除いたその場の全員が驚く。

「また面白いことを考えるな、すずめ……。お主はハニートラップにはまだ勝ち筋があると言うのだな？」

「はい、先ほども述べた通り、まず虎太郎さんは依頼以外では人を殺めません。つまり虎太郎さんは私たちを殺すことが出来ない。そうですよね、虎太郎さん？」

すずめに尋ねられ、俺は肯定した。

「……その通りだ」

補足をすれば、ノーフェイスの暗殺依頼はともかく、他の四人のエージェントたちの暗殺依頼など、この先も来ることはないだろう。

「そして虎太郎さんが唯一隙を見せるもの、それが、ハニートラップです」

先ほどの話を聞いた他の四人は、すずめの話を聞くと、可能性を見つけたように姿勢を正した。

「そのため、私たちは虎太郎さんに殺される心配をせず、安全圏から虎太郎さんの隙を狙うことができます。そして、そのハニートラップを教える虎太郎さんは教官であるため、彼女たちの訓練には引き続き参加する義務があります」

つまり俺は、自分を殺せる唯一の術の習得を自ら教えるというわけだ。バカげた話だ。

そんな提案、通るはずがない。

「以上が、私の打開策です。どうでしょうか、住職さま」

すずめの提案に、住職が考え始める。

「住職、悩んでいるフリなんてしてないで、さっさと却下しろ」

そんな住職に俺が言うと、住職は「うむ……」と決断した様子で、うなずいた。

「よかろう、許可する」

「おい、待て」

「しかし、条件はつけさせてもらおうか」

そう言って、住職はこのバカげた提案につける条件を説明した。

その条件とは、もし彼女たちが虎太郎を討ち取ることに成功し、勝ちを収めた暁には、改めて気忍花の一員となり、スパイとして活動すること——だという。

「すずめの集めた四人の能力は素晴らしい。無論、すずめの能力も気忍花にとっては欠かせないものとなっている……この条件を呑むというのなら、すずめ、いや、ノーフェイスの罪を許そう。よろしいかな、すずめ、そして少女たち」

住職の提示した条件に、ハート、レジーナ、ラビ、スノーの四人はうなずいた。

しかし、すずめだけが慌てた様子で言った。

「待ってください、住職さま。たとえ虎太郎さんを討ったとしても、兄は……修羅憑きは蘇ります。そのとき気忍花にハートさんたちがいたら、彼女たちも修羅憑きの犠牲に……」

すずめの話を聞いて、四人がざわつく。

しかし住職は平然とした様子で答えた。

「虎太郎が死に、そして修羅憑きが蘇ったとて、他の四人が犠牲になることはない。だから案ずるな、すずめ」

「……どういうことですか、住職さま」

すずめの問いかけに、住職は微笑んだ。

「そのときはすずめ、お主の願いも成就するだろう」

すずめは納得したのかしていないのか、そこで口を閉ざすと黙りこくった。

そのときようやく、俺は事の真相に気がついた。

なぜ俺が死んだあと、修羅憑きが蘇っても犠牲が出ないと住職が断言したのか……その理由に。そしてすずめの願いが成就すると言った意味も。

きっとそのほうがすべて丸く収まる。だが、あいにく俺はまだ死ぬつもりはない。

「うむ、これで話はまとまったな。それではすずめの提案を受け入れ、引き続き、気忍花ではエージェントのハニートラップ訓練を継続する、以上！」

「おい待て、勝手に話を進めるな」

そこで話を終わらせようとした住職に俺は口をはさんだ。

「ん？　何かあるのか、虎太郎」

「あるに決まってるだろ」

「なんだ、言ってみなさい」

どこかめんどくさそうな住職に、俺は遠慮なく言う。

「すずめたちは俺を殺せば勝ち。だが俺は彼女たちを殺さない。その場合、俺の勝ちはどう判断するつもりだ。こちら側の勝利条件をはっきりと提示しろ、住職」

俺が自分の明確な勝利条件が提示されていないことを抗議すると、住職は首を傾げた。

「そんなの簡単じゃないか、虎太郎。お主が女子苦手を完全に克服し、ハニートラップが通用しなくなったとき、それがお主の勝ちだ。そうなれば少女たちは永久に仇を討つことが出来ず手詰まりとなり、お主だけがスパイとして一皮むけたことになる。そこで訓練は終わりだ」

「……ふむ」

一応、こちら側にもメリットがあることはわかった。そして俺が女苦手を克服したら、ハニートラップの訓練が終わるという明確なゴールも。

つまりこれからは、エージェントたちは俺の隙を突くため、そして俺は女苦手を克服するため、ハニートラップの訓練に挑むということになる。

「虎太郎、お主が負けないなら、別に何でもない話だと思うぞ？」

「……無論、負けるつもりはない。しかし面倒ごとは勘弁してくれ」

すると、すずめがこちらに近寄って来て言った。

「今まで通り鍛えるだけですよ、気忍花の未来を背負っていくエージェントたちを。これも気忍花のためです」

「気忍花を潰そうとする人間がよく言う」

「えへへ。まぁ、虎太郎さんが負けたら、虎太郎さんだけはそこまでですけどね」

すずめはそう言って、手を後ろに組み、顔を覗かせて微笑んだ。

「うむ、と、そういうわけだが、よろしいか虎太郎」

住職に決断を迫られ、俺は彼女たちを見た。はっきり言って、本当にバカげた話だと思う。

しかしこれも、風魔虎太郎としての宿命なのかもしれない。

彼女たちの未来を奪った、風魔虎太郎の名を持つ者としての――。

「いいだろう、やってやる」

俺がうなずくと、そこで何の警戒心もなく四人がこちらへ集まってきた。俺に殺される心配がないという安心感からなのか、今後も俺を討つチャンスがあるとわかったからなのか、それともそのどちらもか。

まったく、どこまでも面倒な女どもだ。

「よろしく、虎太郎。あなたは私がこの手で絶対殺すわ」

「よ、よろしくお願いします。今度はもっと確立した魔術で虎太郎さんのすべてを奪っちゃいますよ」

「虎太、スーにもっと、いろいろなことを教えて。スーが、いつか虎太を食べるその日が来るまで」

「虎太郎、やはり運命からは逃げられませんのよ。今回はわたくしの負け。しかしあなたは一度、わたくしの見事なハニートラップに掛かったという事実をお忘れなきように」

「そういうわけなので、これからもよろしくお願いしますね、虎太郎さん」

四人の前にすずめが立ちお辞儀をすると、以前と同じように、彼女は朗らかな笑みを見せた。

全員、俺に殺意を持っているというのに、どうしてこうも爽やかな夜風が流れるのか。

「……勝手にしろ」

俺はそんなことを考えながら、夜空に浮かぶ満月を見上げ、ため息をついた。

エピローグ

1

「こんな時間に呼び出して、何の用だ」

午前零時。灯夜殿前に呼び出された俺は、そこで待っていたハートの背中に声をかけた。

すると、こちらへ振り返ったハートは、どこか憔悴しきった様子で言った。

「虎太郎……わたくしは、大きな過ちを犯しました」

彼女の口から唐突に出たその言葉に、しかし俺は、彼女がすべてを知ったことを察した。

「今宵はハニートラップの訓練で呼び出したのではありません。……いえ、そんなこと、もうどうでもいいのです」

すべてを諦めたかのようにハートは力なくそうこぼすと、最後の頼みを訴えるかのように、俺の目をまっすぐに見つめて言った。

「虎太郎、お願いです。一人では恐ろしくて行けないのです。だからどうか、わたくしと一緒に来てください。そして、確かめてください……わたくしの血の色が、黒かどうかを……」

「……わかった」

俺がうなずくと、ハートは目を瞑り、それから灯夜殿の東側にある滝へと歩き出した。

足首まで水に浸かり、そのまま滝へと進んで行くと、いったいどういうわけか、滝の水が彼女を避けるように二つに分かれ、奥への道が開かれる。どうやら彼女が着けているペンダント――気忍花の鍵が反応したようだ。背後からなのでハートがどういった表情を浮かべているのかはわからない。けれどもその後ろ姿からは、どこか緊張した様子が伝わってきていた。

その後も、道を塞いでいた大きな岩が窪んでは通路が現れたり、無数に埋め込まれた鉱石が鍵に反応し薄ぼんやりと光っては通路内を照らす中、俺たちは鍵に導かれ先を進む。これが忍者の作った隠し通路の一種だとはわかっていたが、その仕組みはまったく理解できなかった。

やがて俺たちは広い空間へと辿り着き、山のように積み上げられた金塊を見て、絶句する。

「これは……」

間違いない。これは創設以来、気忍花に蓄えられてきた財宝の山……宝物庫だ。

住職からの話でしかその存在を聞かされていなかったが、まさかこれほどまでとは思わなかった。いったいどれほどの値がつくのか見当もつかない。

「……本当に、存在していたのですね」

薄暗い洞窟の中で輝く、その財宝の山に目を細める俺の前で、ハートが儚げにそれを見上げ、拳を握りしめた。

「住職さまから、鍵のこと、すべて聞きました。そして、わたくしがどのような人間なのかを知りました……」

ハートが振り返り、愁いを帯びた目をして言った。

「わたくしは伊賀忍者の末裔であり、そして……大悪党の血を引いております」

第二次世界大戦時、戦場での大規模な戦いの裏では、各国から派遣されたスパイたちが世界中を暗躍し、歴史に残らない、闇の戦争を繰り広げていた。無論、気忍花も例外ではなかった。

日本国政府に協力していた気忍花も、任務で多くの犠牲を出しながら、日本が優勢となるようエージェントたちを総動員し、必死に働きかけていた。

しかしそんな混乱の中、気忍花の財宝が盗まれる事件が発生する。最初こそエージェントたちは財宝どころではなかったため、そのまま任務を続行していたが、後にその裏切者が財宝の他に、日本国の機密情報を持ち出し、敵国へと逃亡していたことが発覚し、問題となった。

しかしそれに気づいたときにはもう、何もかもが手遅れだった。

財宝と、そして国からの信頼を失い存続の危機を迎えた気忍花は、すぐに裏切者である伊賀忍者の末裔のエージェントを追う。だがそのときすでにその人物は敵国の保護下におり、それからようやくその命を奪うことが出来たのは、すべてが終わってから、十数年後のことだった。

……そして、その裏切者のエージェントこそが、ハートの祖父だった。

「お祖父様が何をしたのか。そしてお父様が何をしようとしていたのかもすべて聞きました。それを聞き、こちら側に正当性がなく、気忍花、そして虎太郎に一切非がないことも知りました。今までの虎太郎に対する思いはすべて……無知なわたくしの逆恨みだったのですね」

悲しげに目を伏せるハートを見る。

ハートの父もまた、彼の父が気忍花に殺されたことを知り、米国政府の一部の人間と手を組み気忍花を潰す計画を企てていた。しかしそれにいち早く気がついた気忍花は先手を打ち、風魔虎太郎に彼を失脚させ、権力をなくさせた。

そして今度は、何も知らないハートが気忍花に逆恨みをし、風魔虎太郎を追った……。

「わたくしは虎太郎のことを悪党だと思っていましたのに、本当はわたくしの家族が悪党だったなんて……そしてその悪党の娘が、この鍵に導かれ、再び気忍花の地を踏むことになるなんて……なんて皮肉な運命なのかしら」

実を言えば、俺が住職からこの話を聴かされたのも、つい最近のことだった。

「……住職の話を信じるのか」

「信じます。だって住職さまのお話の通り、鍵によって滝が分かれ岩が窪み、この宝物庫へと辿り着いたんですもの。何より、本来気忍花にあるはずのこの鍵をわたくしが持っていたことが動かぬ証拠です。お祖父様が気忍花から鍵を盗み、罪を犯したことに変わりないのです」

ペンダントを見つめ、そう語ると、ハートが顔を上げる。

「虎太郎、刀を抜いてください。そして――」

それから彼女は、胸に手を当てて言った。

「わたくしを、殺してください」

決意を固めたような、力強い眼差しがこちらに向けられていた。

無論、俺は刀を抜かなかった。その場から動かず、ただただハートをじっと見る。

「お願いです、虎太郎……！」

「俺がそう簡単に人を殺すと思うのか」

俺の言葉に、ハートは最初からわかっていたかのように、情けない笑みを浮かべる。

「やはり、そうなりますわよね。たしかに虎太郎は依頼以外では人を殺めない」

ハートが小さくこぼし、それから再び、真剣な眼差しで言った。

「ならば……ならばこれはわたくしからあなたへの依頼です。あなたの命を狙うハッカー——ベノム・ノック・ハートを、殺してください。報酬ならいくらでもお出しします！」

目の前まで歩んできたハートが俺の手を掴み、刀を抜かせようとする。

そんな彼女の手を俺は振り払った。

「断る。俺にも依頼を選ぶ権利がある」

「虎太郎っ……！」

彼女の依頼を拒否し、突き放すと、ハートはとうとう毅然とした態度を保てなくなったのか、俺に縋りついてきた。

「お願いです……お願いします、虎太郎……。虎太郎っ……！」

俺は黙ったまま、何も言わなかった。

「許してください……もう、耐えられないのです。夢を諦め、人生を捨て、仇を取るため、わたくしはあなたのことを追ってきた。それが出来たのは、こちらに正義があり、あなたが悪だと信じていたから……でもそれは間違っていた。なら、わたくしはいったい何のために……」

涙で滲ませた声で悔しそうに言葉を吐き出すと、ハートは俺を見た。

そして、それでも動こうとしない俺の姿に力ない笑みを浮かべた。

「住職さまの言う通りですわね……。あの方は、わたくしがこうすることをわかっていたみたいで、去り際におっしゃいました。『以前の虎太郎なら、きっとお主を殺していた。だが虎太郎は変わった』……と。その真意はよくわかりませんでしたが、以前の虎太郎だったら、今ごろわたくしを、斬ってくれていたのでしょうか」

嘆くように言うと、ハートは疲れ切ったようにうなだれた。

「……以前の虎太郎、か」

俺はその言葉にため息を一つ吐き、口を開いた。

「わかった」

「……え？」

驚いた様子で再び顔を上げたハートの目の前で、俺は刀に手をかけた。鞘から刀が抜かれていく、鋭く冷たい音を聞き、彼女の表情が少しだけ恐怖を滲ませる。

俺は二歩、後ろに下がると、彼女に刀を向けた。自分へと向けられた刀を見て、彼女はその恐怖を、揺るがぬ決意で覆い隠す。しかしその体は震えていた。当たり前だ。

今から刀で、斬られるのだから。

「……ありがとうございます、虎太郎」

それでも彼女は静かにお礼を言うと、目を瞑った。

「そして、申し訳ありませんでした」

彼女の言葉に耳を澄ませ、俺は刀を、その色白な首元に近づける。

それから一つ呼吸を置き、そして――。

「ハッ――！」

そして一心に刀で一閃を描いた。息を呑むハートの小さな声が大きく広がる。金属が千切れる音がすぐにそれをかき消すと、最後にペンダントが地面を打つ音が宝物庫内に響いた。

「……終わりだ。目を開けろ、ハート」

刀を鞘に納める俺の声に、ハートがおそるおそる瞼を開く。

「虎太郎、これは……」

自分の目の前に落ちている千切れたペンダントを拾い上げ、ハートは口を開いた。

「どうして……」

俺はそんな彼女からペンダントを奪い取ると、それを手の中に収めた。

「おまえはまだ何もしていない」

「ですがっ……わたくしは、悪の血を引いているのですよ！」

「ならば変えてゆけ。おまえの代で、その悪の血とやらの色を変えてみせろ。間違いに気づけたハートなら、出来るはずだ。そのために俺は、おまえを縛るこの過去との鎖を断ち切った」

そう言って、俺は彼女に背を向け、手の中のペンダントを握り締める。

「過去との、鎖……」

俺の手からゆらりと垂れ下がる二本の鎖を見て、ハートは自分の首元に手を当て、なぞった。

それまでずっと、そこにあったものがなくなり、彼女の手が自由に肌の上を滑ってゆく。

ハートは解放されたのだ。彼女を縛り続けてきたその重い鎖から。復讐という名の呪いから。

俺はそんな彼女の様子を確認し、鍵をポケットにしまうと、出口へと向かった。

「いつまでそこに座っているつもりだ。それともここで朽ち果てるか？　それを望むのなら、止めはしない」

出口で振り返る。ハートは少し悩んだ末ゆっくりと立ち上がり、俺は彼女と来た道を戻り、再び地上に戻った。暗闇を抜けたあとの満月は、やけに眩しく感じた。

それから俺は、家へと帰って行く彼女を見送り、一人、灯夜殿に向かう。そして、こんな夜中だというのに、灯夜殿の前に並ぶ灯籠の間で立ち尽くしている人物に言った。

「住職、あんた、ハートに話したんだな」

住職はまるで俺が来ることを待っていたかのように、静かにこちらを振り返る。

「……して、鍵は持っているのか？」

俺はポケットからペンダントを取り出すと、それを住職に放り投げた。

住職は受け取ったペンダントを開き、中の鍵を取り出すと、それを月明かりに照らした。

「実に七十年ぶりの帰還と言ったところか」

「もう誰にも盗まれないよう、封印でもしておけ」

「……それもそうだな」

住職はぽつりとこぼすと、縁側に用意してあった桐箱にそっとしまい、蓋をしめた。

そんな住職の姿を見て、俺は言った。

「虎太郎は変わった……か。まぁ、間違ってはいないな」

それから住職は桐箱の横に置いてあった刀を手に取ると、こちらに振り返って言った。

「虎太郎、久々に、手合わせをしないか」

住職が鞘から刀を抜く。

「俺も、そうしたいと思っていたところだ」

うなずき、俺も愛刀『六道』を鞘から抜くと、両手で構えた。

開始の掛け声も合図もなかった。どちらからともなく、音もなく相手への間を詰めると、瞬間、火花が夜闇に散り、空気が震えた。その剣戟に一切の会話はなく、小気味良く、刀と刀がぶつかっては弾かれる音だけが幾度となく夜空に呑まれてゆき、俺と住職は月明かりの下、ただひたすらに刀を振り続ける。そして――。

「……う、うーむ。強くなったな、虎太郎」

俺に弾かれた住職の刀が彼の手を離れ、地面に突き刺さり、決着が付いた。

「あんたは弱くなった、住職。……いや、今だけはこう呼ぼうか」

俺は刃先を相手の顔の前に突き出して言った。

「先代……風魔虎太郎」

そうだ。住職もまた、風魔虎太郎だった。そして彼女たちが本当に恨むべき相手は、現役の風魔虎太郎である俺ではなく、この、先代の風魔虎太郎だ。ハートの父を失脚させ、ラビから博士を奪い、レジーナの姉、そしてスノーの師匠を殺したスパイ……それは俺ではなく、この住職だった。

「わたしはもう引退した身だ。現役のお前と比べるのは、ちぃと酷ではないか」

「だがそんなんじゃ、いつか真実がバレたとき、あの女たちに容易く殺されるぞ……いや、むしろ殺されたほうが良いのかもしれないな。何よりも、すずめのために」

「ほほう、気づいていたか、虎太郎」

驚きもせず、住職はうなずいた。

そう、そしてこの老体こそが、修羅憑きとなった八角鷹の仇だった。だからこそ、俺が死に、修羅憑きが蘇ったとしても、気忍花の犠牲は出ないと断言したのだ。なぜならそこで自身が修羅憑きに殺されれば、すべてが終わるとわかっていたから。

凄腕のスパイになればなるほど、多くの人間から恨まれるのが常だ。しかしこの老体は、いったいどれほどの憎しみを背負っているのだろうか……。

「気がついたのなら、いっそのこと二人で死ぬという手もあるぞ？　それですべて丸く収まる」

「はっ、冗談はよせ。俺はあんたと心中する気はない」

「ならば虎太郎、お主は言うつもりか、少女たちに真実を。もしかすれば、わたしの死で修羅憑きも消滅するやもしれん」

住職の目を見る。冗談とも本気とも取れないその目に、俺は自分が緊張していることが気に食わなく、奥歯を噛み締めた。相変わらず灰色で濁っているその瞳は、気を抜くと煙に巻かれそうになる。

「今さら、言うわけがないだろう」

俺は刀を鞘に納め、先代に背を向けた。

「俺はあんたから風魔虎太郎の名を受け継いだ。その名を受け継ぐということは、その名誉と栄光を受け継ぐと共に、犯した罪をもすべて、背負っていくということだ。その覚悟で、俺は風魔虎太郎として生きている。それに、俺が言わずとも、いずれあいつらは真実に辿り着く」

「それも、そうか……。では虎太郎、そのときお主は、先代のこのわたしをどうする？　助けに入るのか、見て見ぬふりをするのか、あるいは……」

住職が何の感情もなく、そんなことを尋ねてくる。

俺は一つ息を吐き、目を瞑ると、それからそっとつぶやいた。

「紫陽花でも植えるさ」

＊

六月下旬――。

紫陽花の季節も半分を過ぎ、もうそろそろ終わりを迎え始めようといった頃、俺は近くの花屋で紫陽花の苗木を一本買い、それを植えるための穴を掘り始めていた。

すると、そんな俺の背後から、足音がゆっくりと近づいてくる。

「早かったな。もう、頭の整理はついたのか」

俺の声に、その足音の主――ハートが立ち止まった。

「はい。虎太郎にペンダントを……わたくしを縛っていた過去との鎖を断ち切ってもらったおかげで、とてもすっきりした気持ちで気忍花の門をくぐることができました」

そう話すハートの声は、本当に、憑き物が落ちたかのように穏やかだった。

「とても不思議です。ただのペンダントだと思っておりましたのに、それを斬っただけでこれほどまでに心境の変化が訪れるなんて」

「あれはただの鉱石じゃないからな。宝物庫へのあの仕掛けを見たら、何が施されていても不思議ではない。持ち出した人間を末代まで祟る呪いがかけられていてもおかしくない代物だ」

「怖いことおっしゃらないでください……」

ハートが身震いする。

「ですが、虎太郎はそれを断ち切ってくださいました」

どこか安心感を帯びたその声色に、俺も心の中で安堵のため息をつくと、彼女に言った。

「これからどう動くかは、ハート次第だ」

「わたくし次第……そうですわね」

それからハートは、穴を掘る俺の隣にしゃがむと、その様子を覗き込んだ。

「ところで虎太郎、紫陽花は、殉職した方の分はすべて植え終えたのではありませんでしたの?」

「あぁ」

「ではこれは、どなたの分の紫陽花なのですか?」

そう言って首を傾げるハートに、俺は答えた。

「これは、ハートのじいさんの分だ」

「お祖父様の……」

ハートは少し驚いたあと、心配そうな面持ちで俺を見た。

「虎太郎……ですが、わたくしのお祖父様は、気忍花の財宝を奪った悪党ですのよ？」

「無論、わかっている。しかしもう、じゅうぶん裁きは受けた。じいさんと、ハートの父親も。それにハートのじいさんは、いちばん価値のある気忍花の鍵だけは最後まで手放さず、自分で持ち、それを孫娘であるハートに託した。そこに、じいさんの気忍花に対する思いがあると俺は考える。そしてその思いを宿した鍵は孫のハートによって、こうして気忍花の土地へと戻って来た。すべてが元の位置に収まり、そうして過去の罪は流れ、ハートは新しく生きていく。だから俺は、その区切りであったり、印として、紫陽花を植える」

ベノム・ノック・ハートという女が、前を向いて歩いて行けるように。

「虎太郎……」

話を聞いたハートは、しばらく俺を見つめたあと、

「……わたくしに、やらせてください」

と、ロンググローブを脱ぎ捨て、苗木を鉢から取り出した。

「汚れるぞ」

「構いません……構いませんわ……っ！」

俺の掘った穴にハートが苗木を植える。その場に膝をつき、白くきれいなその両手を土で汚しながら、一生懸命に土を被せる。

「爪の中に土が入るぞ」

「いいです、そんなことくらい」

「そこ、虫いるぞ」

「ひっ……こ、こんな虫くらい、なんともありませんわ！」

「ハート」

「もう、なんですの！」

明らかに無理をしつつ、それでも自らの手で紫陽花を植える彼女に、俺は言った。

「じいさん、喜んでるといいな」

途端、ハートが目を丸くし、俺を見る。

「あ、当たり前ですわ。わたくしが直接この手で植えているのですから。喜ばないはずがありませんっ！」

それから前に向き直り、最後に軽く土をおさえると言った。

「お祖父様、そしてお父様が犯した罪は、わたくしがこの身で、一生を懸けて償います」

紫陽花を植え終え、ふぅと息を吐き、ハートが立ち上がる。

「どうですか、虎太郎。わたくしの植え付けは。完璧でしょう」

気持ちよさそうに自分の植えた紫陽花を見下ろし、ハートが土だらけの手で汗がにじむ額を拭う。俺はそのとき、そんな土のついた彼女の顔を不覚にも美しいと思ってしまった。

「どうかしましたか、虎太郎」

「い、いや、なんでもない」

無意識のうちにハートに見とれてしまっていたようだ。俺は不思議そうに首を傾げる彼女から顔を逸らし、蔵へ行くため、園芸用具を手に彼女に背を向ける。

「虎太郎」

するとそんな俺の背中に向かってハートが言った。

「わたくし、ベノム・ノック・ハートは、この命を、気忍花と、そして……風魔虎太郎、あなたに託します。たとえ修羅憑きが蘇ろうとも、わたくしは己の能力を駆使し、全力であなたの力になります。……だから、これからもよろしくお願いいたしますわねっ」

2

「虎太郎さん、どうですか、皆さんの様子は？」

いつものように後庭園で刀の訓練をしていると、横から弾むような声がきこえてきた。

「それ以上近づくな、すずめ」

刀を構えているというのに、こちらへの歩みを止めないすずめに、俺はいつかと同じようにして、刀を突き出し牽制する。

するとすずめは二メートル先でようやく立ち止まり、また、子どものように頰を膨らませた。

「もう、だから女の子に刀を向けないでくださいっ」

「刀を抜いているときに近づくからだ」

両手を握り締め、フグのようにぷくっと頰を膨らませるすずめ。

「それにおまえがノーフェイスだとわかった今、おかしな行動を取れば即座に斬り捨てることも出来る。そのことをゆめゆめ忘れるな」

そんな彼女に俺はそう言い、視線を正面に戻すと、愛刀『六道』を鞘に納めた。

「……様子は、あまり変わりないな」

そう、あの一夜にして、俺たちを取り巻く状況はすべて変わった……が、やはりそこはスパイゆえ、一見変化はない。彼女たちの腹の内が判明し、いわば全員、仮面を外し、殺意を露わにした状態であることに違いはないが、灯籠院の受付や灯寿庵の給仕は気忍花の義務なのでしっかりとこなすし、俺もそこに交じる。彼女たちは仇と、そして俺は命を狙う刺客と、普段通りに、平然と振舞っている。

あえて何か変わった箇所を挙げるとするならば、あれだけ必要ないと言っていた彼女たちがハニートラップの訓練に対し、少々積極的になったということだろうか。それと、無意味だと悟り、武器による攻撃もやめたようだ。ある意味、平和になったと言えば平和になった。

俺が質問に答えると、すずめは膨らませていた頰を元に戻し、どこか穏やかに笑った。

「正直、私も以前とあまり変わった様子がなくて驚いちゃいました。でもよくよく考えてみれば、最初から皆さんは虎太郎さんを狙っていたわけですし、それがすべて明かされただけで、状況はそんなに変わらないのかなぁって」

「そうは言っても、わかってる状態とわかってない状態とではだいぶ違うような気がするがな。こうして気忍花の……灯籠院の境内でノーフェイスと普通に話しているなど夢にも思うまい」

「まぁー、それはそうですね。と言うか、言ってしまえば虎太郎さんは気忍花にいながら、周りを刺客に囲まれている四面楚歌状態なんですけどね」

すずめは楽しそうに笑うと、それから少し考え、ぽつりと言った。

「……虎太郎さんは、怒ってますか、私のこと」

「なぜ怒る」

「だって、虎太郎さんの仲間……気忍花のエージェントの皆さんを殺したの、私ですから」

「お前は誰も殺していない。殺したのは、修羅憑きだ」

「そ、それはそうですけどっ……！」

「そしてお前は、その修羅憑きに利用され、ノーフェイスという罪を着せられ世界中のスパイ組織から恨まれることとなった哀れな操り人形だ」

「あ、哀れな……」

ある意味、彼女もまた修羅憑きの犠牲者かもしれない。もしも本来の計画通りに事が進み、修羅憑きが己を殺した人物を殺し消滅したとしても、残った彼女がノーフェイスとして、最後はどこかのスパイに殺される運命にあることは変わりない。

無論、すずめはその運命を受け入れているだろう。

しかしそんな運命、十五の少女には、あまりにも救いがないと思わないだろうか……？

今となっては、多重スパイだった八角鷹がどのような感情で俺たち気忍花のエージェントたちと接していたのかはわからない。しかし彼の妹に対する愛情は、本物だったように思う。妹のすずめを見る彼の目は、ひどく優しい色をしていた。

そんな八角鷹が、修羅に憑かれ、一人の少女が不幸になった。スパイの世界に身を置いていたのだから、そうなっても嘆いてはならない。スパイとして生きるとは、そういうことだ。

しかし、その不幸を救えるのもまた、この世界に生きる者にしかできない。

「すずめは、どうするつもりだ。修羅憑きが蘇ったら」

尋ねると、彼女は空を見上げ、穏やかな口調で答えた。

「ハートさんたちを第一に逃がして、それからは、兄の好きなようにさせるつもりです。今の私には、これしか方法が思いつきませんから」

「そうか」

「虎太郎さんは……？　虎太郎さんは、どうするおつもりですか？」

こちらに振り返り、今度はすずめが尋ねてくる。そんな彼女に俺は答えた。

ますか?」

「蘇らば斬る。それだけだ」

「斬っても、きっと、また蘇りますよ。虎太郎さんが死ぬまで、ずっと。それでも、斬り続けますか?」

「無論」

現状、修羅憑きが蘇る間隔はわかっていない。人として殺され、自分を殺した相手が振り返った瞬間に修羅憑きとして蘇った話もあれば、殺されてから一か月後に蘇り、殺した相手の寝首を掻いたという話もある。はたまた一年後の忘れた頃に再び戦場で刀を交えたという話もあり、修羅憑きとして蘇る間隔はケースによってばらばらだ。

しかしそうは言っても、結論は変わらない。いつ蘇ろうが、俺はただそれを斬るのみ。

俺がはっきりそう答えると、すずめは「……そう、ですか」とぽつりとこぼした。

それから、灯夜殿の方からにぎやかな……否、やかましい女どもの声がきこえ、すずめはくるっとこちらに背を向けると言った。

「まっ、そうなる前に私たちが、虎太郎さんを討ちますけどね」

口元に笑みを浮かべた横顔を見せ、今日こそ俺を殺すため、すずめは灯夜殿へと向かう。

俺はそんな彼女の背中から空を見上げ、つぶやいた。

「……討てるといいな」

ベールがかかったような、ぼんやりとした陽射しが、辺りを幻想的に照らす。

その日は梅雨（つゆ）にはめずらしい、よく晴れた日だった。

了

あとがき

血統を持つ王道主人公が死に、凜々しくも心優しい正統派ヒロインが死に、組織を構成する仲間たちが死んだ。そんな中、唯一の生き残りは、自ら孤立を選び、人との繋がりを恐れ拒むクール系ライバルキャラだった。

これは、物語の主要人物が全滅してしまった、そんな世界で、クール系ライバルキャラ（風魔虎太郎）が組織再編のため奮闘する、バッドエンドを迎えた物語のその後を描いた物語です。

とは言っても、やはりそこはスパイの世界ゆえ、表向きは組織の再編となっておりますが、その水面下ではそれぞれの様々な思惑が暗躍し、絡まった糸のようになってしまっている。

しかし、その絡まった糸を一本一本、手繰り寄せてゆくと、どの糸も最後は必ず一人の人物に辿り着く。そして、それぞれの苦悩を解決する方法はひどく単純で、実に簡単なものだった。

この物語と同じように、現実も、どんなに複雑に見える事象でも、その糸をどこまでもどこまでも手繰ってゆけば、案外同じ場所に辿り着くのかもしれません。

もちろん、その糸を手繰るだけの握力があれば、の話ですが。

それにしても、仲間の全滅、全ヒロインからの殺意、ノーフェイスの正体、修羅憑き殺しの代償……。また、本編では詳しく語られておりませんが、修羅憑きの首を落とす際、囮になった女性エージェントは実は先述の正統派ヒロインで、好意を抱いていた虎太郎を庇う形で彼の目の前で死んでいたりして……風魔虎太郎を取り巻く状況はなかなかに壮絶な気がします。

虎太郎だけでなく各ヒロインも、姉や師匠の死だったり、一族崩壊だったり、二度も家族から捨てられたり、実の兄に罪を着せられたり……と、字面だけ見ればなかなかに暗い過去を持っていて、そしてこの物語はそんな人物たちだけで構成されているのですが、しかし、しかしなぜだか本編はそんなに暗く感じない。

うーん、不思議だ！


最後になりましたが、担当編集者の黒崎さま、とても魅力的なイラストを描いてくださったタジマ粒子さま（キャラデザ、とても感激いたしました）、また、本書の製作に関わってくださったすべての方々に、心からの感謝を申し上げます。

そして、この本を手に取ってくださった読者のみなさまへ、厚く御礼申し上げます。

本当に、ありがとうございます。

二〇二二年秋　芦屋六月

◉芦屋六月著作リスト

「美少女が多すぎて生きていけない」（電撃文庫）
「美少女が多すぎて生きていけない2」（同）
「ニート系戦隊らぶりぃ・りとる・どろっぷす」（同）
「このラブリードールは俺の妹ですか？」（同）
「最高の二次元嫁とつきあう方法」（同）
「妹の好きなVtuberが実は俺だなんて言えない」（同）
「パーフェクト・スパイ」（同）

本書に対するご意見、ご感想をお寄せください。

ファンレターあて先
〒 102-8177　東京都千代田区富士見 2-13-3
電撃文庫編集部
「芦屋六月先生」係
「タジマ粒子先生」係

本書は書き下ろしです。

電撃文庫

パーフェクト・スパイ

芦屋六月（あしや ろくつき）

2022年12月10日　初版発行

発行者	山下直久
発行	株式会社KADOKAWA 〒102-8177　東京都千代田区富士見 2-13-3 0570-002-301（ナビダイヤル）
装丁者	荻窪裕司（META＋MANIERA）
印刷	株式会社暁印刷
製本	株式会社暁印刷

ISBN978-4-04-914447-5　C0193　Printed in Japan

電撃文庫　https://dengekibunko.jp/

電撃文庫創刊に際して

文庫は、我が国にとどまらず、世界の書籍の流れのなかで〝小さな巨人〟としての地位を築いてきた。古今東西の名著を、廉価で手に入りやすい形で提供してきたからこそ、人は文庫を自分の師として、また青春の想い出として、語りついできたのである。

その源を、文化的にはドイツのレクラム文庫に求めるにせよ、規模の上でイギリスのペンギンブックスに求めるにせよ、いま文庫は知識人の層の多様化に従って、ますますその意義を大きくしていると言ってよい。

文庫出版の意味するものは、激動の現代のみならず将来にわたって、大きくなることはあっても、小さくなることはないだろう。

「電撃文庫」は、そのように多様化した対象に応え、歴史に耐えうる作品を収録するのはもちろん、新しい世紀を迎えるにあたって、既成の枠をこえる新鮮で強烈なアイ・オープナーたりたい。

その特異さ故に、この存在は、かつて文庫がはじめて出版世界に登場したときと、同じ戸惑いを読書人に与えるかもしれない。

しかし、〈Changing Times,Changing Publishing〉時代は変わって、出版も変わる。時を重ねるなかで、精神の糧として、心の一隅を占めるものとして、次なる文化の担い手の若者たちに確かな評価を得られると信じて、ここに「電撃文庫」を出版する。

1993年6月10日
角川歴彦

電撃文庫DIGEST　12月の新刊

発売日2022年12月9日

青春ブタ野郎はマイスチューデントの夢を見ない 著／鴨志田 一　イラスト／溝口ケージ	12月1日、咲太はアルバイト先の塾で担当する生徒がひとり増えた。新たな教え子は峰ヶ原高校の一年生で、成績優秀な優等生・姫路紗良。三日前に見た夢が『#夢見る』の予知夢だったことに驚く咲太だが――。
豚のレバーは加熱しろ（7回目） 著／逆井卓馬　イラスト／遠坂あさぎ	超越臨界を解除するにはセレスが死ぬ必要があるという。彼女が死なずに済む方法を探すために豚とジェスが一肌脱ぐことに！　王朝軍に追われながら、一行は「西の荒野」を目指す。その先で現れた意外な人物とは……？
安達としまむら11 著／入間人間　キャラクターデザイン／のん イラスト／raemz	小学生、中学生、高校生、大学生。夏は毎年違う顔を見せる。……なーんてセンチメンタルなことをセンシティブ（？）な状況で考えるしまむら。そんな、夏を巡る二人のお話。
あした、裸足でこい。2 著／岬 鷺宮　イラスト／Hiten	ギャル系女子・萌寧は、親友への依存をやめる『二斗離れ』を宣言！　一方、二斗は順調にアーティストとして有名になっていく。それは同時に、一周目に起きた大事件が近いということで……。
ユア・フォルマV **電索官エチカと閉ざされた研究都市** 著／菊石まれほ　イラスト／野崎つばた	敬愛規律の「秘密」を頑なに守るエチカと、彼女を共犯にしたくないハロルド、二人の溝は深まるばかり。そんな中、ある研究都市で催される「前蛹祝い」と呼ばれる儀式への潜入捜査で、同僚ビガの身に異変が起こる。
虚ろなるレガリア4 **Where Angels Fear To Tread** 著／三雲岳斗　イラスト／深遊	絶え間なく魍獣の襲撃を受ける名古屋地区を通過するため、魍獣群棲地の調査に向かったヤヒロと彩葉は、封印された冥界門の底へと迷いこむ。そこで二人が目にしたのは、令和と呼ばれる時代の見知らぬ日本の姿だった！
この△（さんかく）ラブコメは幸せになる義務がある。3 著／榛名千紘　イラスト／てつぶた	麗良の突然のキスをきっかけに、ぎこちない空気が三人の間に流れたまま一学期が終わろうとしていた。そんな時、突然麗良が二人を呼び出して――「合宿、しましょう！」　夏の海で、三人の恋と青春が一気に加速する！
私の初恋相手がキスしてた3 著／入間人間　イラスト／フライ	「というわけで、海の腹違いの姉でーす」　女子高生をたぶらかす魔性の和服女、陸中チキはそう言ってのけた。これは、手遅れの初恋の物語だ。私と水池海。この不確かな繋がりの中で、私にできることは……。
新作 **君はこの「悪【ボク】」をどう裁くのだろうか？** 著／二丸修一　イラスト／champi	親友の高城誠司に妹を殺された菅沼拓真。拓真がそのことを問い詰めた時、二人は異世界へと転生してしまう。殺人が許される世界で誠司は宰相の右腕として成り上がり、一方拓真も軍人として出世し、再会を果たすが――。
新作 **天使な幼なじみたちと過ごす10000日の花嫁デイズ** 著／五十嵐雄策　イラスト／たん旦	僕には幼なじみが三人いる。八歳年下の天使、隣の家の花織ちゃん。コミュ力お化けの同級生、舞花。ポンコツ美人お姉さんの和花菜さん。三人と出会ってから10000日。僕は今、幼なじみの彼女と結婚する。
新作 **優しい嘘と、かりそめの君** 著／浅白深也　イラスト／あろあ	高校１年の藤城遠也は入学直後に停学処分を受け、先輩の夕凪茜だけが話をしてくれる関係に。しかし、茜の存在は彼女の「虚像」に乗っ取られており、本当の茜を誰も見ていない。遠也の真の茜を取り戻す戦いが始まる。
新作 **パーフェクト・スパイ** 著／芦屋六月　イラスト／タジマ粒子	世界最強のスパイ、風魔虎太郎。彼の部下となった特殊能力もちの少女４人の中に、敵が潜んでいる……？　彼を仕留めるのは、どの少女なのか？　危険なヒロインたちに翻弄されるスパイ・サスペンス！

運命の魔剣を巡る、
学園ファンタジー開幕！

春——。名門キンバリー魔法学校に、今年も新入生がやってくる。黒いローブを身に纏い、腰に白杖と杖剣を一振りずつ。胸には誇りと使命を秘めて。魔法使いの卵たちを迎えるのは、満開の桜と魔法生物のパレード。喧噪の中、周囲の新入生たちと交誼を結ぶオリバーは、一人に少女に目を留める。腰に日本刀を提げたサムライ少女、ナナオ。二人の、魔剣を巡る物語が、今始まる——。

MONSTER HOLIC
怪物中毒
PICK UP!
超人気作家
三河ごーすと
が贈る原点回帰にして
最新の
ダークファンタジー！
AUTHOR
三河ごーすと
ILLUST
美和野らぐ
怪物以上人間未満の
少年少女たちが
《官製スラム》の夜を駆ける——！
MONSTER HOLIC
電撃文庫

第28回
電撃小説大賞
選考委員
奨励賞
電撃文庫
アマルガム・ハウンド
捜査局刑事部特捜班
1
Special Investigation Unit, Criminal Investigation
駒居未鳥
illust 尾崎ドミノ
少女は猟犬——
主人を守り敵を討つ。
捜査官と兵器の少女が
凶悪犯罪に挑む！
捜査官の青年・テオが出会った少女・イレブンは、
完璧に人の姿を模した兵器だった。
主人と猟犬となった二人は行動を共にし、
やがて国家を揺るがすテロリストとの戦いに身を投じていく……。

体育館の二階。ここが私たちのお決まりの場所だ。
今は授業中。当然、こんなとこで授業なんかやっていない。
ここで、私としまむらは友達になった。

日常を過ごす、女子高生な二人。
その関係が、少しだけ変わる日。

入間人間 イラスト／のん

電撃文庫

空と海に囲まれた町で、
僕と彼女の
恋にまつわる物語が
始まる。
青春ブタ野郎シリーズ
鴨志田一
イラスト●溝口ケージ
図書館で遭遇した野生のバニーガールは、高校の上級生にして活動休止中の
人気タレント桜島麻衣先輩でした。『さくら荘のペットな彼女』の名コンビが贈る、
フツーな僕らのフシギ系青春ストーリー。

電撃文庫